记
/M/A/R/K/
号

真知 卓思 洞见

张云 著 喵九 绘

讲了
很久
很久的
中国妖怪故事
3

北京科学技术出版社

图书在版编目（CIP）数据

讲了很久很久的中国妖怪故事 . 3 / 张云著 ; 喵九绘 . -- 北京 : 北京科学技术出版社 , 2024. 8. -- ISBN 978-7-5714-3758-9

Ⅰ. I277.3

中国国家版本馆 CIP 数据核字第 202443GV73 号

选题策划：记　号
策划编辑：马春华
责任编辑：武环静
责任校对：贾　荣
封面设计：何　睦
图文制作：刘永坤
责任印制：吕　越
出 版 人：曾庆宇
出版发行：北京科学技术出版社
社　　址：北京西直门南大街 16 号
邮政编码：100035
电　　话：0086-10-66135495（总编室）　0086-10-66113227（发行部）
网　　址：www.bkydw.cn
印　　刷：北京华联印刷有限公司
开　　本：710 mm × 1000 mm 1/16
字　　数：163 千字
印　　张：16.25
版　　次：2024 年 8 月第 1 版
印　　次：2024 年 8 月第 1 次印刷
ISBN 978-7-5714-3758-9

定　　价：108.00 元

前言

妖怪和妖怪文化在中国源远流长，是中华优秀传统文化的重要组成部分。全世界很难找到一个国家像中国这样，将关于妖怪的记载、想象形成一种深厚的文化现象，其延续时间之长、延伸范围之广、文学作品之多，举世罕见。

妖怪和妖怪文化是中华文明的璀璨奇葩，值得我们一代代传承下去。

那么，什么是妖怪呢？

我们的老祖先将妖怪定义为“反物为妖”“非常则怪”。简单地说，生活中一些怪异、反常的事物和现象由于超越了当时人类的理解，无法解释清楚，就被人们称为妖怪。

所以，所谓的妖怪指的是：根植于现实生活中，超出人们正常认知的奇异、怪诞的事物。

妖怪，包含妖、精、鬼、怪四大类。

妖：人之假造为妖，此类的共同特点是人所化成或者是动物以人形呈现的，比如狐妖、落头民等。

精：物之性灵为精，山石、植物、动物（不以人的形象出现的）、器物等所化，如山蜘蛛、罔象等。

鬼：魂魄不散为鬼，以幽灵、魂魄、亡象出现，比如画皮、银伥等。

怪：物之异常为怪，对人来说不熟悉、不了解的事物，平常生活中几乎没见过的事物；或者见过同类的事物，但跟同类的事物有很大差别的，如天狗、巴蛇等。

中国的妖怪、妖怪文化历史悠久。有足够的考古证据表明，早在石器时代，我们的老祖宗就开始对妖怪有了认知并进行了创造。可以说，中国的妖怪历史和中国人的历史是彼此相伴的，“万年妖怪”之说一点儿都不为过。

从先秦时代，中国人就开始将妖怪和妖怪故事记录在各种典籍里，此后历代产生了《山海经》《白泽图》《搜神记》《夷坚志》《聊斋志异》《子不语》等无数的经典作品，使得很多妖怪家喻户晓。

中国的妖怪和妖怪文化不仅深深影响了中国人，还传播到周边国家，深受异国友人的喜爱。比如，日本著名的妖怪研究学者水木茂称：“如果要考证日本妖怪的起源，我相信至少有 70% 的原型来自中国。除此之外的 20% 来自印度，剩下 10% 才是本土的妖怪。”由此可见中国的妖怪和妖怪文化对日本的巨大影响。

由于种种原因，中国妖怪及妖怪文化还没有得到足够的重视，很多人甚至将我们老祖宗创造的中国妖怪误认为是日本妖怪，这是令人十分惋惜的。

笔者用十年时间，写成《中国妖怪故事（全集）》一书，在深入研究中国历代古籍尤其是志怪的分类和定义的基础上，厘清妖怪的内涵，从浩渺的历代典籍中搜集、整理各种妖怪故事，重新加工，翻译成白话文，其间参考各种民间传说、地方志等，确保故事来源的可靠性与描写的生动性。该书记录 1080 种中国妖怪，是目前为止国内收录妖怪最多、最全，篇幅最长，条例最清楚的妖怪研究专著。

《中国妖怪故事（全集）》出版以来，反响强烈，深受读者喜爱，这让笔者感到既欣喜又惶恐。

将中国妖怪、妖怪文化发扬光大需要所有人的努力。中国的妖怪故事中，不仅妖怪的形象充满想象力、故事情节生动，而且其中蕴含着许多为人处世的道理，值得珍惜和深入挖掘。

长久以来，中国妖怪的故事虽然丰富，但妖怪的图像留存较少，甚为可惜。有鉴于此，我们精心选取100个妖怪故事，将其分为动物、植物、器物和怪物四类，加以润色加工，并严格按照典籍记载，为妖怪画像，推出《讲了很久很久的中国妖怪故事》，以期能为大众以及中国妖怪的爱好者们打开一扇中国妖怪故事的缤纷之窗，为中国妖怪和中国妖怪文化的普及和发展贡献绵薄之力。

《讲了很久很久的中国妖怪故事》推出以来，广受读者好评。在此基础上，我们将陆续推出系列作品，带着这份热忱和期待，继续讲好中国妖怪故事。

此次，与《讲了很久很久的中国妖怪故事》前两部作品不同的是，《讲了很久很久的中国妖怪故事3》所选取的100个妖怪故事，按照中国妖怪栖身的地点，分为山、水、荒、宅四大类。

山：栖息在高山深林中的妖怪。

水：栖息在江河湖海等水系中的妖怪。

荒：栖息在人迹罕至的遥远大荒、异域以及传说中的冥间等地的妖怪。

宅：栖息在城市、乡村、宅地等人类生活环境中的妖怪。

中国妖怪文化博大精深，源远流长。我们的老祖宗创造了它们，它们的故乡在中国。中国妖怪的故事我们祖祖辈辈都在讲述，世世代代都在流传。

那么，请打开这套书，让我们一起开启精彩的认识妖怪之旅吧。

张　云

2023 年 11 月 6 日于北京搜神馆

目录

山　篇

水　篇

荒　篇

宅　篇

山篇

名

变婆

出处

《榕江县志》《从江县志》

第〇〇一号

在我国贵州省东南部的从江县、榕江县一带，流传着变婆的传说。

有的人死后埋在土中，或三五天，或七天，掀开棺盖破土而出，容貌看起来和生前没什么两样，但全身散发着腥臭之气，而且不能说话。

变婆刚从土中出来时，还保持着一点点人性，回到自己的家中，能够料理家务。如果是妇女变的，还能给孩子喂奶。不过很快，变婆就会发生异变。这时，家人往往会带上一只公鸡，将变婆送到森林中，让变婆看鸡，然后家人就偷偷跑掉了。

很快，公鸡就挣脱逃了，变婆就会四处寻找，便忘记了来时的路。孤零零被抛弃的变婆会在溪涧深谷中寻找蛤蟆、田螺之类的东西充饥，跋山涉水，毫无目的地游走。时间长了，她们的形体就发生了变化——手足蜷曲，长出蹄爪，遍体生毛，有的变成了老虎，有的变成了熊，自此再也不复为人。

有个猎户曾经打死了一只猛虎，在死虎的前爪上发现了一个重达八两的大银镯，紧紧地箍在足腕处，才知道这只猛虎是变婆所化的。

名

船山藏

出处

宋代章炳文《搜神秘览》卷中《船山藏》

山篇

第〇〇二号

五代十国时期，兵荒马乱，富贵人家经常把珍宝藏在深山大泽中，以此来躲避灾难。后来，这些珍宝很多都找不到了，时间长了，就会变成精怪。

宋代建州浦城县有座船山，山中经常出现红色或者白色的人、马以及牛羊，左右罗列，往往数以千计，集体出动，列成长长的队伍游玩，但是很少有人能够得到它们。

山上的石间经常有字隐隐出现，村民们往往无法辨识。之后有人看见并认出了石上的字，上面刻着一句话："船山有一藏，或在南，或在北，有人拾得，富得一国。"至今还在呢。人们每过此处，一定会行礼祭拜才会离开。

看来那些东西，都是金银珠宝变成的。

名

鸩

出处

宋代周去非《岭外代答》卷九《禽兽门·鸩》

第〇〇三号

邕州溪峒的深山中有鸩鸟，形状如同乌鸦，但是没有乌鸦大，黑身红眼，鸣叫声如同敲响羯鼓时发出的声音，只以毒蛇为食。遇到毒蛇，鸩就会在毒蛇的洞外徘徊，迈出“禹步”，不久石头迸裂，便抓住毒蛇吃掉。

凡是有鸩的山，草木都会枯萎。鸩落在石头上，石头也会崩裂。

有人说，鸩在秋冬脱毛，人用银子做爪钩取它们的羽毛，放在银瓶里，如果想害人，只需要放入一根鸩的羽毛在酒里，给人喝下，人立刻就会死去。

成语“饮鸩止渴”中的鸩，指的就是用鸩鸟羽毛浸过的毒酒。

名

一足蛇

出处

清代袁枚《子不语》卷十八《一足蛇》

第〇〇四号

清代贵州的一个村子，百姓家里大多悬挂着一样东西，鳞甲闪亮，已经风干了。

村民说，离村子五里地有一座山，大家经常去那里砍柴。山脚是行人来来往往的大路，旁边有一棵极大的枯树。

树里面藏着一条蛇，长着人的脑袋、驴的耳朵，耳朵能扇动发出声响，鳞甲如同松树皮，而且只有一只脚，如同龙爪，吐着长长的芯子，跳跃着前进，速度极快。这条蛇平时藏在树洞里，有行人靠近时就会喷出毒气，行人就会昏倒，然后蛇就将芯子伸入人的鼻子里吸血。

村里面愿意花重金请人帮忙除掉这条蛇，但是没人敢来。

过了好几年，有两个乞丐答应帮忙，向村里的人索要了很多金银。乞丐用唾液涂满全身，赤裸着身体去引诱蛇。蛇果然出现了。两个乞丐急忙跑到道路旁边的田地里，蛇追过去，陷入泥中，无法动弹。

两个乞丐跳起来，在长木竿上绑上刀，砍掉了它的脑袋。

蛇死后，凡是被它害过的村民人家，都争相去分割蛇的肉，并且做成腊肉，挂在家里。

名

小虾

出处

清代曾衍东《小豆棚》卷十五《物类·小虾子》

第〇〇五号

清代有个人去象郡做生意，夏天独自行走于山林之间。山林间有好多大树，遮蔽了道路两侧，但是说不上来都是些什么树。这人走累了，就坐在树根上休息，听见石隙间泉水淙淙。正要睡觉，忽然听到头顶树梢传来蜜蜂、苍蝇之类发出的声响。抬起头，看见树上有东西长得如同婴儿，头只有小豆子那么小，身体不足一寸，相互牵引着，百八十人为一群，嬉戏玩耍。

细看下来，虽然微小，但是动作和人很像。

这人觉得很奇怪，站起来凑近去看，那群小人便纷纷逃窜了。这人伸手去抓，抓了男女老幼十五个小人，放在竹笼里。

这人从山里出来，在一家店里住宿，给店主看这些小人。店主认识，说这东西叫“都”，又叫“小虾”，可以煮着吃。这人十分喜欢它们，不忍伤害，就用米饭和水喂养它们。其中有一两个年老的，不吃东西死掉了。一个月之后，小人陆陆续续死去，只剩下一个男的和两个女的。

后来，这人把它们带回老家，冬天给它们做衣服，它们却将衣服都咬碎了。又把毛絮铺在它们的暖具中，它们最后还是冻死了。

名
石掬
出处
汉代杨孚《异物志》
清代袁枚《续子不语》卷十

第〇〇六号

从湖南往道州去，途经一座山，山高几百丈，千峰环列，中间有个濂溪讲堂，是个书院。

山上猴子很多，经常出来骚扰人。山脚有十几户居民，都是漆户。山上有漆树，长出的红芽如同香椿，不知道的人误食就会死掉。官府特意立了一块石牌写明禁止采摘。沿着漆林往里走，树木葱茏，山路高远。

有个叫爱堂居士的人到这座山游玩，远远看到悬崖上有很多枯松，枝条晃动。走近看，发现都是猴子，有六七万只，老少公母都有，叫声凄惨，仿佛在啼哭。过了一会儿，有两只猴子从上面的悬崖过来，向众猴招手，下面的猴子纷纷起来，扶老携幼，沿着悬崖往上爬，来到一座石台前。

忽然，有大风刮过，石台后面出现一个怪物。这个怪物长得像猴子，但是比猴子小多了，只有一尺多高，猴子们见到，纷纷伏身在地。这怪物跳上石台，站起来，身体忽然变大，足有一丈多高。猴子们在下仰望，看不到这怪物的头顶。过了一会儿，这怪物冲猴群招了招手，一只猴子来到它的跟前跪倒，怪物就伸出手，将猴子的头皮揭开，津津有味地吃起猴脑来。

爱堂居士想继续观看，他的仆人却气愤不已，点燃了一个大爆竹朝那怪物扔去。轰隆一声响，猴子们吓得惊慌失措，很多掉下了山崖。那怪物听到声音，纵身一跃，消失在了山里。

有人说，那怪物叫石掬，长得像猴，专门吃猴脑。

名

山和尚

出处

清代袁枚《子不语》卷十八《山和尚》

清代慵讷居士《咫闻录》卷四《山和尚》

第〇〇七号

清代有个李某到河南，碰到大水，爬到山上躲避。水势很大，不断上涨，李某就往更高的地方爬。当时已经日暮，李某看见一间低矮的草房，是种地的山民夜里巡视时居住的地方，里头铺着稻草，放着一个竹子做成的梆子，李某便住在了这里。半夜时，听到踏水声，爬起来，看见一个又黑又矮的胖和尚划着水往这边游来。李某大喊一声，那和尚退却了，过一会儿又出现，李某很害怕，就敲响了梆子。山里的山民聚集过来，那怪物就走了，一直到天明都没再出现过，第二天一早水退去后，山民问怎么回事，李某如实相告。山民说："那是山和尚，碰到孤身一人的旅客，就会吃掉他的脑子。"

浙江於潜县岩峦交错，草木翠青，有很多怪异的事发生。有个叫谭升的人，住在县城百里外，有天入城探亲，回来时天黑了，看见路边有一间围有栅栏的茅屋。茅屋里有数人席地而坐，正在饮酒。看见谭升，便询问他为何至此。谭升说自己迷了路，希望在这里借宿一宿，几人听罢便答应了。几人饮酒完毕便离开了，只留下谭升一人住在此处。

半夜时，谭升借着月光看到山腰有个妖怪，穿着僧人的衣服，光着脑袋，青面獠牙，飞奔而下。来到茅屋前，那妖怪透过缝隙看到里面有人，就咬开栅栏想冲进屋子。危急关头，恰好有几个人回来了，那妖怪就跑了。众人一起大喊着追赶，在拐弯处，那妖怪便消失不见了。行人告诉谭升："这个山和尚盘踞在山里有一百多年了，最喜欢吃人的脑子。"

名

肉翅虎

出处

清代王士祯《居易录》卷十六

清代陆祚蕃《粤西偶记》

第〇〇八号

肉翅虎这种怪物出自石抱山，有人说在广西峒谿也有这种怪物。

它们白天潜伏，夜间出现，比虎小，生有双翅，翅膀如同蝙蝠，身上有虎纹，饿了的时候就会飞下山吃人，人很难抓到它。

肉翅虎的皮，传说可以驱退百鬼。

名

蚑

出处

晋代葛洪《抱朴子·内篇·登涉》

山篇

第〇〇九号

有一种山精，形似小孩，但只有一只脚，而且脚后跟在前，喜欢攻击人，名叫蚑。如果碰见了，大声喊它的名字，它就会马上逃走。

蚑还有一个名字，叫超空。

名
张恶子
出处
宋代李昉等《太平广记》卷三百一十二（引《王氏见闻》）

嶲州嶲县有个姓张的老头，家里就他和老伴两口人，没有孩子。老头靠每天到山谷里砍柴度日。

有一天，老头砍柴时被岩缝的锋利石头碰伤了手指，流了不少血。血滴落在石头上的一个小坑里，老头用树叶把小坑盖上就回家了。过了两天，老头又经过这个地方，拿开树叶一看，发现自己的血竟变成了一条小蛇。老头把小蛇放在手掌上，喜爱地玩了半天，那小蛇也好像依依不舍地不愿离去。老头就砍了一截竹筒，把小蛇装进去，揣在怀里回家了。

以后，老头就用一些碎肉喂这小蛇，小蛇也很驯熟了，从来不扰乱什么。经过一段时间，这条蛇越长越大。一年后，它常在夜里出来吃掉鸡、狗之类的家畜。两年后，就开始偷吃羊和猪。邻居们丢了家养的畜类，都觉得十分奇怪，老头和老太太也不吱声。

后来，县令丢了一匹马，跟着马蹄印找到了老头家里，加紧追查，才知道马竟被蛇吞到肚里了。县令大惊，责骂老头怎么养了这么个恶毒的东西。老头只好认罪，想杀掉这条大蛇。

一天晚上，雷电大作，整个县突然成了一个大湖。湖水无边无际，只有老头、老太太活了下来。后来老头、老太太和大蛇也都不知道哪里去了。从此这个县就改名叫陷河县，人们把那蛇叫作“张恶子”。

后来姚苌到四川去，走到梓潼岭上，在路旁休息，见有个人走过来对他说：“先生最好快点儿回陕西去吧，你应该去那里统治百姓，成为他们的王。”姚苌问他的姓名，那人说：“我就是张恶子，将来你别忘了我就行。”姚苌回到秦地，果然在长安称了帝。

称帝后，姚苌派人到四川寻访张恶子，没有找到，就在遇见张恶子的地方建了一座庙，即张相公庙。

后来，唐僖宗因为躲避叛乱逃到四川，张恶子在十几里外列队迎接。唐僖宗解下自己的佩剑赐给他，并希望他为自己效力。不久叛乱被平息，圣驾回京，唐僖宗送给张恶子很多珍宝。

名

爆身蛇

出处

五代杜光庭《录异记》卷五《爆身蛇》

第〇一一号

爆身蛇，长一二尺，身灰色，如果听到行人的声音，就会从林中飞出，仿佛枯枝一般落下，袭击行人。如果被击中，行人就会死去。

名

修月人

出处

唐代段成式《酉阳杂俎》前集卷一《天咫·修月人》

第〇一二号

唐代太和年间，郑仁本有个表弟，不知其姓名，和一个姓王的秀才游嵩山。他们攀藤越涧，来到一极幽之境时，迷失归途。当时天色已晚，二人不知该到什么地方去，踌躇间忽然听到树丛中有打鼾的声音，便拨开树丛察看，只见一个穿洁白布衣的人，枕着一个包袱正在睡觉。

二人急忙将他唤醒，说："我们偶然来到此地，迷了路，你知道哪里有大道吗？"那人抬头看了他们一眼，不吱声又要睡。二人再三喊他，他才坐起来，转过头来说道："到这里来。"于是，二人跟上前去，并问他来自哪里。

那个人笑着说："你们知道月亮是七宝合成的吗？月亮的形状像圆球，它的阴影多半是因为太阳光被遮蔽才产生的。在它的暗处，常常有八万二千人在那里修月，我就是其中的一个。"然后，他打开包袱，里面有斧凿等物。他拿出两包用玉屑做成的饭团子，送给二人说："分吃了这个东西，虽然不足以长生不老，但却可以免除疾病。"然后站起来，给二人指点一条岔道，说："只要从这里向前走，就可以上大道了。"话音刚落，人已不见踪迹。

名

秦毛人

出处

清代袁枚《子不语》卷六《秦毛人》

第〇一三号

湖北郧阳境内多山，其中有一座山名为房山。房山高险幽远，地理偏僻，道路阻绝，山崖四面都有巨大、幽深的石洞，洞里住着毛人。

毛人，身高一丈有余，全身长着长长的毛发。它们经常出山洞偷吃人类的鸡鸭猪狗之类的家畜，如果碰到了人类，它们会和人类搏斗。这种东西，即便以土枪对付，铅弹也射不进它们的躯体。相传唯一能够吓跑它们的方法，就是拍着手，大声对它们喊：“筑长城！筑长城！”它们听到了，就会吓得仓皇逃去。有个叫张敌的人，到此地做官，试过此法果然有效。

当地人说，秦朝时四处征发民众修长城，有的人不甘压迫又害怕被惩处，遂逃入山中，岁久不死，就成了这种妖怪。此妖见人必问：“长城修完了吗？”足见秦法之苛。

名

鹿爷

出处

南北朝刘敬叔《异苑》卷八

山篇

第〇一四号

晋代咸宁年间，鄱阳乐安有个姓彭的人，世以打猎为生。每次入山都带着儿子一起。后来，这个姓彭的人蹶然而倒，变成了一只白鹿。儿子悲号痛哭，白鹿跳跃而走，最后不知所终。

儿子自此终生不再打猎。

到了彭姓的孙子这一代，重新开始打猎。有次彭姓的孙子射中一头白鹿，白鹿的两角间有道家的七星符，还有其祖的名字以及生活的年月。看到这些，孙子十分悔恨。从此之后，彭家的人都不再打猎了。

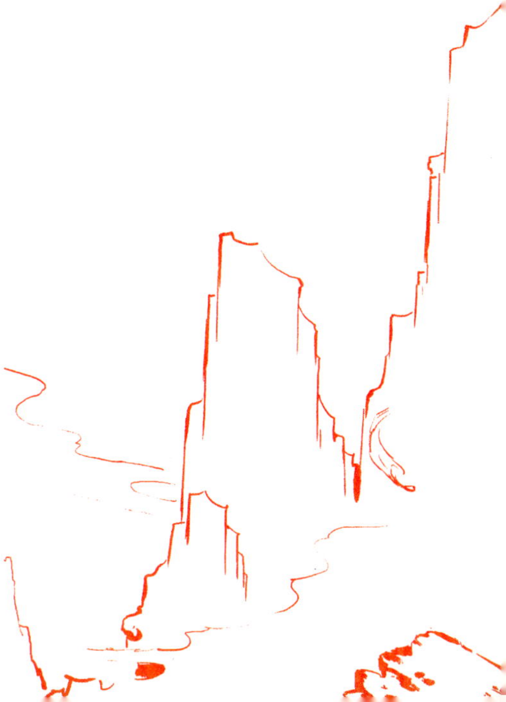

名

狼妖

出处

清代纪昀《阅微草堂笔记》卷十五

第〇一五号

清代乌鲁木齐有个军校叫王福，据说他在西宁的时候，有一次和同伴一起去山中打猎，远远地看见山腰有个妇女独自行走，后面有四只狼跟着。

大家以为那四只狼十有八九是要吃了那妇女，所以一起大声呼喊：“你身后有狼！”但是那妇女没什么反应，好像没听见一样。

于是，有一个同伴赶紧拉开弓射狼，没想到箭射中了那个妇女。妇女惨叫一声，从山腰滚了下去。

大家都十分懊悔，忐忑地走过去，却发现那个妇女竟然也是一只狼。再看另外的那四只，早跑得无影无踪了。

名

大青小青

出处

晋代干宝《搜神记》卷十二

山篇

第〇一六号

庐江枞阳附近山野之中有叫大青小青的妖怪。

当地人说听哭声有数十人，有男有女，披麻戴孝，如同举办丧事一样，聚在一起哭。

人们跑过去看，往往找不到人。但是它们出现的地方一定会死人。如果哭声大，那么死的人就多；哭声小，死的人就少。

名
青鸐
出处
晋代王嘉《拾遗记》卷一《唐尧·青鸐》

第〇一七号

幽州一带，羽山北面有一种善于鸣叫的鸟，人面鸟嘴，长着八只翅膀一只爪，毛像野鸡，行走时足不着地，名叫青鸐。

它的叫声像钟磬笙竽这样的乐器发出的声音。世人说，青鸐鸣叫，天下太平。它在沼泽上鸣叫，叫声符合音律，只是飞而不离去。大禹治水之后，它便栖息在高山大地上。它们聚集的地方，必能出圣人。

上古时，铸造各种鼎器，都用鸐鸟的形象做图案，鼎器上铭文中的赞美之词流传至今。

名

黄颔蛇

出处

五代杜光庭《录异记》卷五

第〇一八号

黄颔蛇，长一二尺，全身色如黄金，居住在石缝里，快要下雨之时就会发出牛吼一般的叫声，被它咬中的人很快就会死掉。

四明山中有这种蛇。

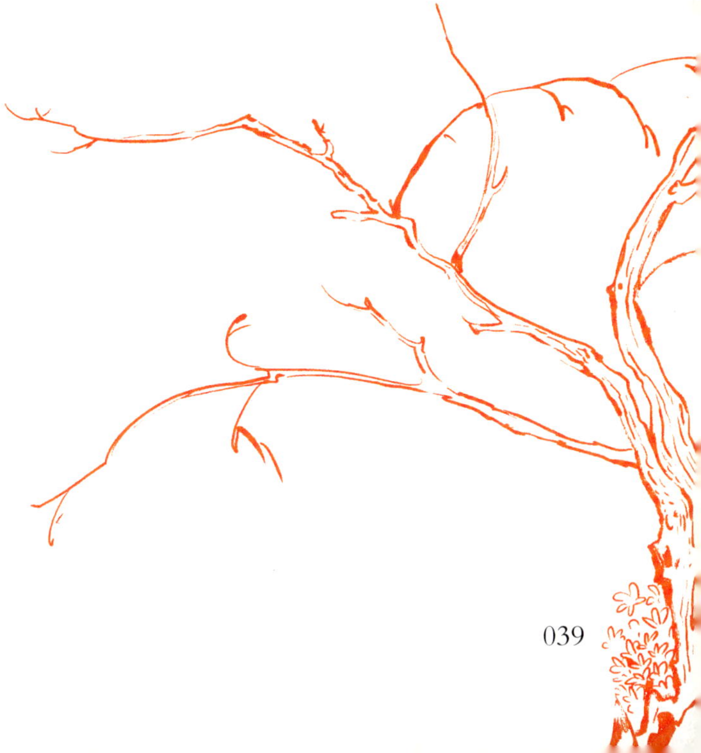

名

混沌

出处

汉代东方朔《神异经·西荒经》

混沌是我国古代的著名妖怪，“四凶”之一。

传说混沌生活在昆仑山的西面，身体像狗，长毛，四足，长得像熊，有眼睛却看不见，有双耳却听不见，有肚子却没有五脏，有肠子却直直地不扭曲。碰到有德行的人，就会去顶撞；碰到品行恶劣的人，却去亲近。

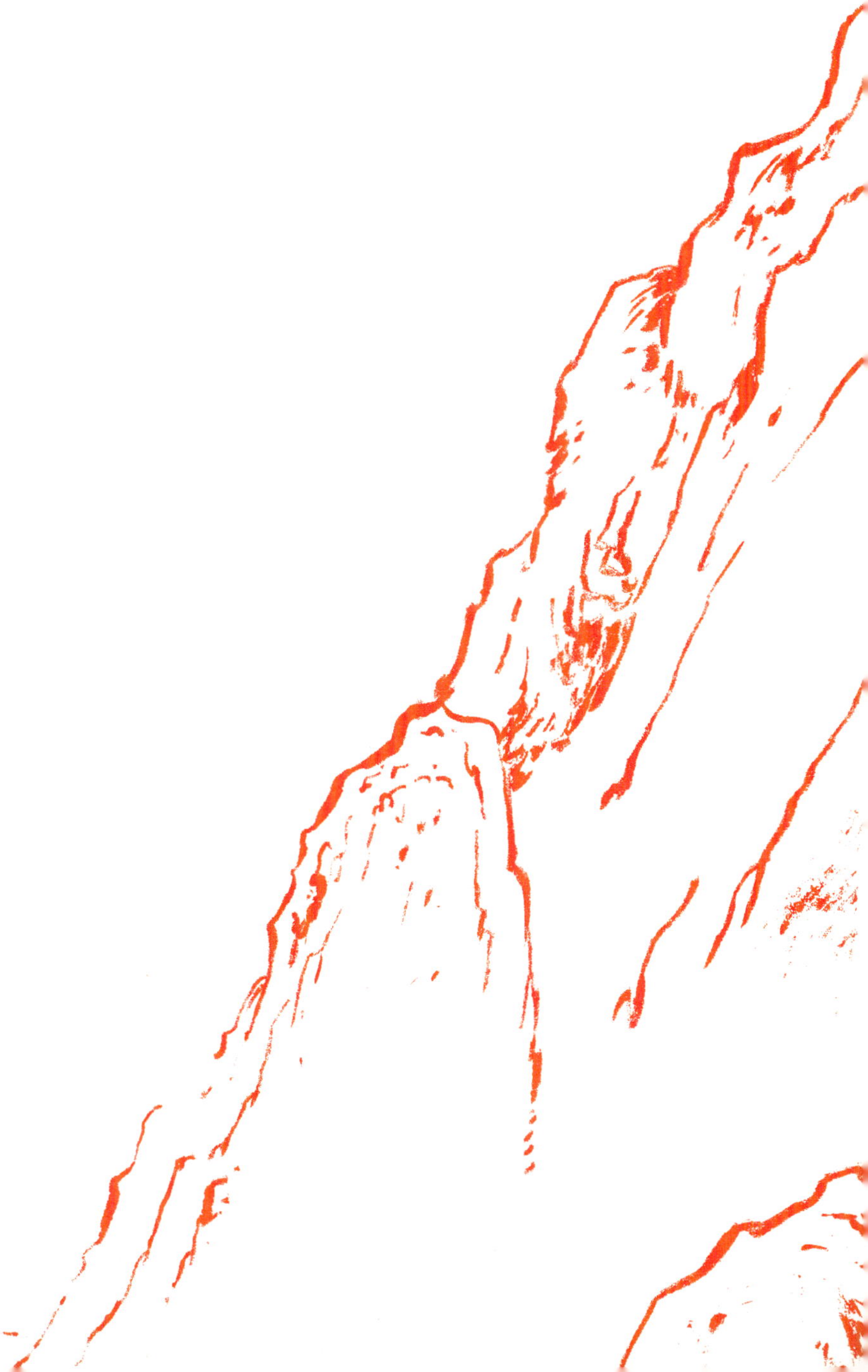

水篇

名

驯龙

出处

明代邝露《赤雅》卷下

驯龙这种精怪生活在高山的深潭之中，如果想见到它，女孩子可以穿着盛装，唱着歌谣，驯龙就会出现。

驯龙全身五彩斑斓，十分好看。如果歌唱得宛若天籁，驯龙就会欢喜地跳跃，留下鳞片而去。

这种鳞片，唱歌的女孩子往往会珍藏，视之为宝。邻家有女皆来祝贺，笙箫之声不绝。

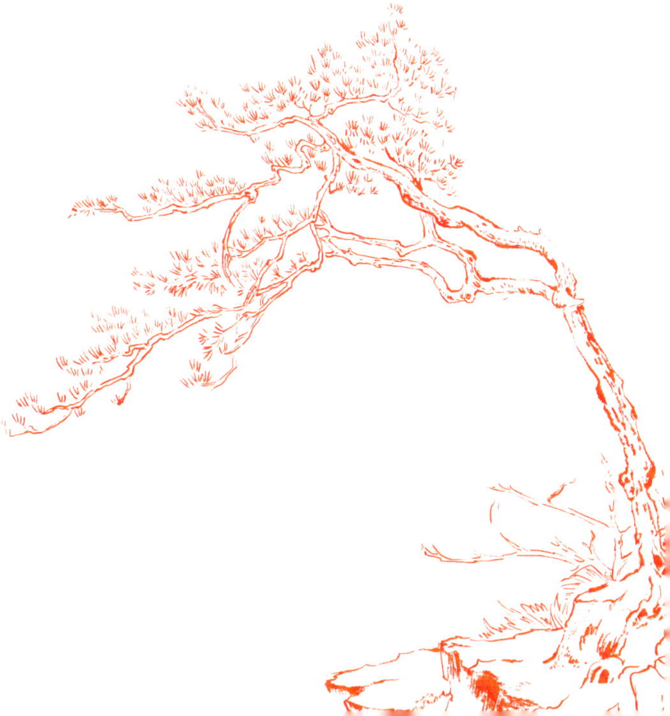

名

秃尾巴老李

出处

清代《文登县志》卷十

清代袁枚《子不语》卷八《秃尾巴龙》

第〇二一号

山东文登县南边的柘阳山有一座龙母庙。

相传山下有个姓郭的人，妻子到河崖边打水，回来就怀了孕，三年不生。

一天晚上，忽然雷雨大作，电光绕室，郭某的妻子生下来一个东西，长得如同巨蛇，盘在梁上，全身长鳞，头生双角，每天晚上来吃奶。妻子觉得奇怪，就告诉了郭某。等它下次再来的时候，郭某拿起刀去砍，那东西被砍掉了尾巴，腾跃而去。

后来，妻子死了，葬在山下。一天，云雾缭绕，当地人看到一条龙盘旋在山顶。等到天晴之后，看到妻子的坟被移到了山上，墓土高数尺。当地人都认为是那条龙来为母亲迁坟。这条龙被称为“秃尾巴老李”。

后来，只要秃尾巴龙出现，那年就会大丰收。它出现时，肯定雨雾迷雾。当地人就修建了庙宇供奉它。

有一次，柘阳山的僧人取了龙母墓的石头修建庙宇，结果风雨大作，天降冰雹，大如斗，寺中全是黑气，周围几里的麦子都被砸毁了，唯独龙母庙内的花草树木毫发无损。

名

水虎

出处

宋代钱易《南部新书》卷十（引《襄沔记》）

明代张岱《夜航船》卷十七

第〇二二号

汉水里面，有一种叫水虎的妖怪，长得如同三四岁的小孩，全身满是坚硬的鳞甲，刀枪不入。

七八月间，水虎喜欢在河滩上晒太阳。它的膝盖长得和老虎的膝盖很像，爪子常常沉在水里，看到河边有小孩，就会把膝盖露出水面引诱。小孩不知道，过来玩弄，就会被它拖入水中吃掉。

如果能够抓住它，割掉它的鼻子，就能够使唤它。

名

牛鱼

出处

晋代张华《博物志》卷十

《太平御览》卷九百三十九（引《临海异物志》）

第〇二三号

东海有一种鱼，名为牛鱼，形状长得像牛。把它的皮挂起来，潮水来的时候，它的毛就会竖起；潮退的时候，毛就会垂下。

这种鱼大如牛犊，毛色青黄，喜欢睡觉，如果发现有人来，会大叫一声，声音能传出好几里远。

名

货郎龙

出处

清代陈梦雷《古今图书集成·职方典》（引《云南通志》）

第〇二四号

云南省城有个深潭叫龙湫。传说很久以前，潭中有条龙变成人出来玩耍，将脱下来的鳞甲藏在了石头中间。

有个商人在石头上休息，看到有件衣服如同龙鳞，就穿在了身上。忽然腥风四起，深潭里的水族都来迎接这个商人。

过了一会儿，龙回来了，找不到它的鳞甲，就走进水里，水族不认它，将它赶走了。

后来，商人就变成了龙，占据了那个深潭。

当地人知道这件事后，就称其为“货郎龙”。

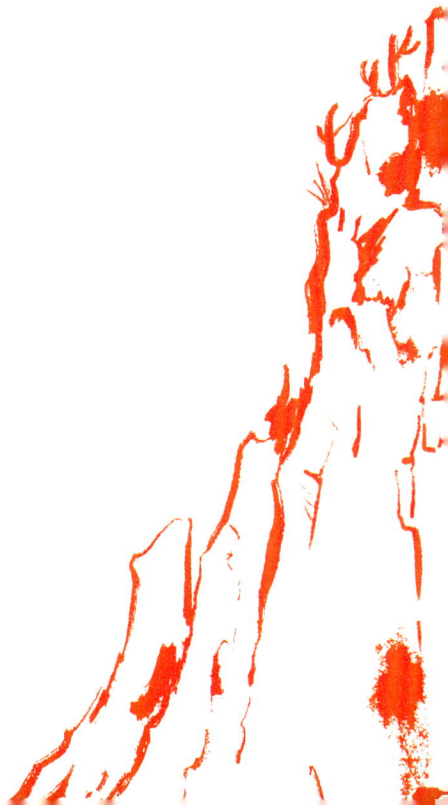

名
木龙
出处
清董含《三冈识略》卷二补遗

第〇二五号

鄱阳湖里有一根巨木作祟，乘风鼓浪，昂头摇摆，远远看上去就像一条龙，所以当地人都称其为木龙。凡是冒犯它的人，都会船毁人亡；如果向它祈祷，则会很灵验。

有一次，有十几条船经过鄱阳湖，船上的人听说了这事，都觉得是胡说八道，结果到湖中时，被木龙撞击，船全都沉没了。

名

海蛮师

出处

宋代沈括《梦溪笔谈》卷二十一《异物》

第〇二六号

北宋嘉祐年间，海州的渔人捕获了一个怪物。怪物长着鱼的身体、老虎的脑袋和爪子，身上也有老虎一样的花纹，有两只短爪在肩上，长八九尺。

看到人的时候，这怪物就会掉眼泪。人们将它抬到郡里的府衙中，几天后才死去。

年纪大的人说：“这东西叫海蛮师，早些年曾经见过。”

名

浮尼

出处

清代袁枚《子不语》卷二十二《浮尼》

第〇二七号

清代，有一年，黄河河堤决口。河官带人修筑堤坝即将完成，见到水面上有一群绿毛鹅嬉戏玩耍。

只要这群鹅出现，当天晚上修筑好的河堤肯定会再次决口。

人们用鸟枪射击它们，这群绿毛鹅时聚时散，根本伤不着，一个多月了才被平息。

这群鹅到底是什么东西，即便是老河工也不知道。

后来有人翻阅《桂海稗编》，上面记载明代末年，黄河上曾经有绿毛鹅作怪。认识的人称："这东西叫浮尼，是一种水怪，用黑色的狗去祭祀它，再扔下五色的粽子，它就会离开。"

河官赶紧带人按照这种说法去祭祀，那群绿毛鹅果然消失了。

名

白特

出处

唐代张鷟《朝野佥载》卷四

第〇二八号

唐代时，有人看见一个童子在洛水中洗马。突然，从水中窜出一个像白绸带似的东西，光亮晶莹，在童子的脖子上缠绕了三两圈，童子就跌倒在水里死了。

凡是有河水和湖泊的地方都有这种怪物。

有的人认为因洗澡和洗马而死的人，全都是被鼋拖进水里的，其实并非如此。

这种怪物名叫白特，应当小心地提防它，它是蛟一类的怪物。

名

龙门鲤

出处

汉代辛氏《三秦记》

宋代李昉等《太平广记》卷四百六十七《水族四·子英春》（引《神鬼传》）

第〇二九号

龙门山，在河东地界内。

大禹凿平龙门山，又开辟龙门，有一里多长。黄河从中间流下去，两岸不能通车马。

每到晚春时，就有黄色鲤鱼逆流而上，过了龙门的就变成龙。传说一年之中，登上龙门的鲤鱼不超过七十二条。鲤鱼刚一登上龙门，就有云雨跟随着它，天降大火从后面烧它的尾巴，它就变化成了龙。

从前，有个叫子英春的人，擅长潜水。一日，他捉到一条红鲤鱼，因为喜欢鱼的颜色，就带回家去，放在池子里喂养。他经常用谷物和米饭喂养这条鱼。

一年后，鱼已有一丈多长，并且头上长出了角，身上长出了翅膀。子英春很害怕，向鲤鱼行礼并道歉。鲤鱼说："我是来迎接你的，你骑到我背上来，我和你一起升天。"子英春就和鲤鱼一起升天了。

来年回来见妻子，鲤鱼又来迎接他。后来吴中门户便在此建了神鱼子英祠。

名

白鱼

出处

宋代李昉等《太平广记》卷四百六十五（引《三吴记》）、卷四百六十九（引《广古今五行记》）

吴国会稽王五凤元年（254 年）四月，会稽余姚县的百姓王素，有个十四岁未出嫁的女儿，容貌美丽。乡里的少年来求亲的很多，父母因爱惜女儿都没有同意。

有一天，来了一个少年，姿态容貌像美玉一样，二十多岁，自称是江郎，愿意和王素的女儿结婚。王素夫妇见少年风流倜傥，就答应将女儿许配给他。

王素询问江郎的家世，江郎说：“住在会稽。”过了几天，江郎领来了三四个妇女，有的年老，有的年轻，还有两个少年，来到王素家，拿来钱财作为聘礼，于是两个人结了婚。

过了一年，王素的女儿有了身孕，到了十二月，生了一个东西，像个绢布做的口袋，有一升那么大，在地下一动不动。王素的妻子觉得很奇怪，用刀割开它，里面全是白鱼的鱼子，就怀疑江郎不是人，并把想法告诉了王素。

王素暗中派家中仆人等江郎脱衣睡觉时，将他的衣服取来察看，发现衣服上全都是鳞甲的痕迹。王素看了很害怕，命人用大石头压住衣服。

等到天亮，就听见江郎因为找不到衣服发出的咒骂声。家中仆人打开门，只见床下有一条白鱼，六七尺长，还没死，在地上乱跳。王素用刀砍断了白鱼，扔到了江里。女儿后来又另外嫁了人。

隋朝开皇末年，有一个叫大兴村的地方，村民设斋饭举行祭祀活动。

一个满头白发、穿一身白色衣裤的老头要了一点儿饭吃完就走了。大家都不认识他，就在后面跟着，想看

他住在哪里。走了二里多路，老头走进一个池塘里就消失不见了。

大家走近，看到水里有一条大白鱼，有一丈多长，后面有无数条小鱼跟着。有人杀死了那条大白鱼，剖开鱼的肚子，发现里面全是粳米饭。

又过了几天，漕梁河突然发了大水，杀死大白鱼的那个人全家都被淹死了。

名

猪龙

出处

清代李庆辰《醉茶志怪》卷三《猪龙》

第〇三一号

清代，潞河有一次发大水，一个打鱼的人在河中央看见一个怪物，脑袋大得如同一座小山丘，形状像猪头，头浮在水面上，顺流而下。

认识的人说，那怪物是猪龙，它出现的地方，肯定会发洪水。

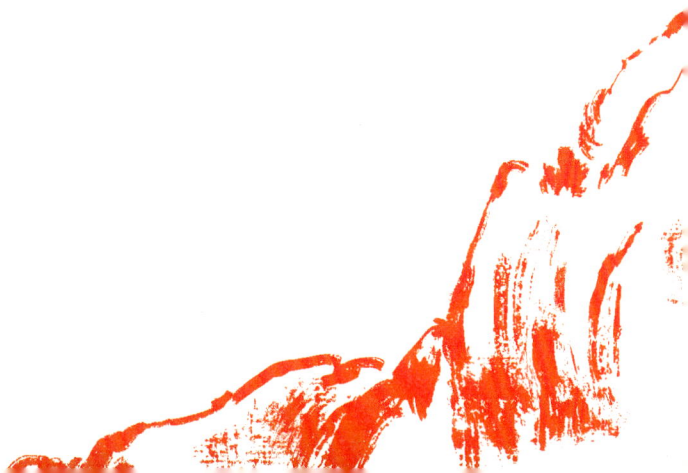

名

掌面

出处

五代徐铉《稽神录·补遗》

第〇三二号

五代时，有人在海上捕鱼，从渔网中捞出来一个东西，看上去是一个人的手，但是掌心却有一张脸，七窍俱全，能动，却不能说话。

这人把玩了很久，有人说："这或许是神物，不应该杀它。"这人便将其放在水上。那东西顺水而去，然后大笑几声，跳跃着消失了。

名

河精

出处

汉代《尚书中候》

晋代王嘉《拾遗记》卷二《夏禹》

第〇三三号

传说大禹在黄河边观望时，有白面鱼身的巨人出现，称自己是河精，传授给大禹河图，告诉他治水的方法，然后便消失于水中了。

还有一种说法，尧命令鲧治水，鲧九年没有成功，自沉于羽渊，变成了玄鱼，经常扬须振鳞，出现在水浪之中，看见的人都称其为“河精”。

名

蚌气

出处

清代纪昀《阅微草堂笔记》卷十九《滦阳》

第〇三四号

清代，北京西郊有一座大型皇家园林，名为畅春苑，前有小溪。

乾隆年间，每当云阴月黑时，当班的内侍就会看到半空中有东西闪闪发光，如同悬着一颗星星一般。

大家很诧异，就寻找过去，发现那光芒从小溪中发出，由此知道溪流中肯定有宝贝。

于是，大家谋划商议，决定去探个究竟。

最终，大家从小溪中抓到了一只大蚌，直径有四五寸，剖开得到两颗珍珠。这两颗珍珠跟枣子一般大，一个大些一个小些，长在一起，像葫芦一样。

大家不敢私自藏匿，便把珍珠献给了皇帝。后来，皇帝将珍珠用在了朝冠之顶上。看来这是个很吉祥的东西。

名
鲛鱼
出处
南北朝祖冲之《述异记》

水篇

第〇三五号

传说有个地方的芦苇荡中，出现了一种名为“鲛鱼”的妖怪。

这妖怪每五天就会变化一次。有时变成美丽的女子，有时则变成男子，它变化的形象实在太多了。周围的人对它都只是提防，也没有伤害它。因为这个缘故，鲛鱼也不愿谋害老百姓。

有一天，风云际会，雷电从天而降，将鲛鱼击杀，没过多久，芦苇荡也干涸了。

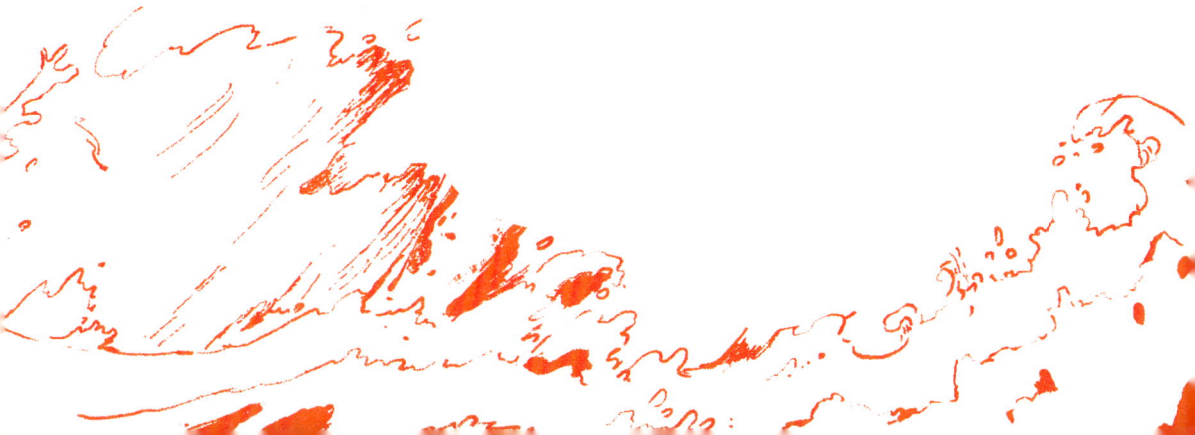

名
南海大蟹
出处
唐代戴孚《广异记》

第〇三六号

唐代有一个波斯人，经常讲述他的经历。据他所说，他已经乘船前往天竺国六七次了。

在最后的一次航行中，他经过天竺国后，船漂入大海，不知道行了几千里，来到了一座海岛。岛上有一个人，穿着草和树叶编织的衣服。这个人说自己以前和同伴一起出海，只有自己漂流至此，只能采摘野果、草根为食。波斯人和同伴都很可怜他，就带他上了船。这个人还说，岛上的大山上都是砗磲、玛瑙、玻璃等宝贝，大家就赶紧将这些东西搬上了大船。装满船后，这个人说："马上起航，这些都是山神的宝贝，它若是来了肯定会发怒追讨。"

这帮人立刻开船离去，走了四十多里，遥遥看见岛上出现一个巨大的红色怪物，模样如同一条大蛇，越来越大。

这个人说："不好，山神来了。"大家都很害怕。这时，海中出现两座大山，高有几百丈。这人大喜，说："这两座山是大螃蟹的两只螯，这只大螃蟹喜欢和山神争斗，山神打不过，很害怕它，它出现，我们就没事了。"

果然，大螃蟹和大蛇争斗，螃蟹夹死了大蛇，这船人也得救了。

名

无支祈

出处

晋代郭璞《山海经笺疏》
唐代李公佐《古岳渎经》
宋代李昉等《太平广记》卷四百六十七（引《戎幕闲谈》）
清代褚人获《坚瓠集》
清代朱翊清《埋忧集续集》卷二《无支祈》

第〇三七号

无支祈，又叫巫支祁，是淮河里的精怪，常被认为是淮河的主宰者。

传说大禹治水的时候，三次到桐柏，都遇到惊风迅雷、大水滔天。大禹很生气，就召集众妖，派遣应龙去调查这是怎么回事。

应龙潜入淮河，发现这一切是无支祈在作祟。无支祈长得像猿猴，白色的脑袋，青色的身躯，缩额高鼻，金目雪牙，脖子有百尺长，力气巨大无比。

大禹派出很多妖怪，都没能打败它，后来就让庚辰去。庚辰制服了无支祈，在它的胫骨上锁上链子，在它的脖子上系上金铃，把它囚禁在淮阳的龟山下。

到了唐代，唐玄宗经过龟山的时候，曾经命高力士带人拽住链子看过无支祈。和古代传说的一样，无支祈长得像猴，毛长覆体，大吼一声，就钻进了水里。

唐代贞元年间，陇西人李公佐游览湘江和苍梧山，偶然遇见征南从事弘农人杨衡在一条古河岸边停船休息，在佛寺里逗留。

那时，江面宽广空旷，明月倒映在水面上。两人谈起了一些奇闻异事。杨衡告诉李公佐："永泰年间，李汤担任楚州刺史时，有个渔夫夜间在龟山下钓鱼。他的钩子被什么东西挂住了，拽不出水面。渔夫善于游泳，迅速潜到水下五十丈深的地方，看见一条大铁链，盘绕在山根下，看不到铁链的尽头。于是，他便回来报告给了李汤。李汤派那个渔夫及几十个善于游泳的人，去打捞那根铁链。这些人提不动，又加上五十头牛，锁链才有点儿晃动，慢慢被拖到了岸边。当时并没有大风和波浪，但是快要将锁链拖到岸上时，却突然翻滚起巨大的波浪，观看的人们非常害怕。只见锁链的末尾有一个动物，样子像猿猴一样。雪白的头发，长长的脊毛，猛地登上了岸。身高五丈多，蹲坐的样子也和猿猴一样。但是它的两只眼睛没有睁开，似乎没有知觉地呆坐在那里一动也不动。眼睛、鼻子像泉眼一样向外流水，口里的涎水腥臭难闻，人们不敢靠近。过了很久它才伸伸脖子，挺直身子，两眼忽然睁开，目光像闪电一样四处张望着围观的人，好像要发怒的样子。人们吓得四散奔逃。那怪物竟慢慢地拖着锁链，拽着牛回到水里，再也不出来了。当时此地有很多有识之士，与李汤你看看我，我看看你，惊愕不已，但是都不知道这怪物的由来。只有渔夫知道铁链的位置，那个怪物终究再也没有出现。”

名

丹鱼

出处

南北朝任昉《述异记》卷下

第〇三八号

龙巢山下有条河叫丹水，水中有一种鱼叫丹鱼。

要想捕这种鱼，一定要等到它们浮出水面，可以看到如同火焰一般的赤色光芒时，赶紧撒下网，就能抓住它们。

把丹鱼的血涂在脚上，人在水上行走时，如履平地一般。

名

屙弹

出处

晋代干宝《搜神记》卷十二

晋代魏完《南中八郡志》

宋代李昉等撰《太平御览》卷四（引《南中八部志》）

第〇三九号

永昌郡不韦县有条河流被当地人列为禁水。河里面有毒气，只有十一月、十二月两个月才能安全渡河。从正月到十月不能渡河，有人如果过河，就会生病死掉。

毒气里有怪物，看不见它的形体，只能听到它发出来的声音。这东西往往会从水中投射东西出来，打到木头上，木头就会折断，打在人的身上，人就会受到伤害。

当地人称这种怪物为鬲弹。

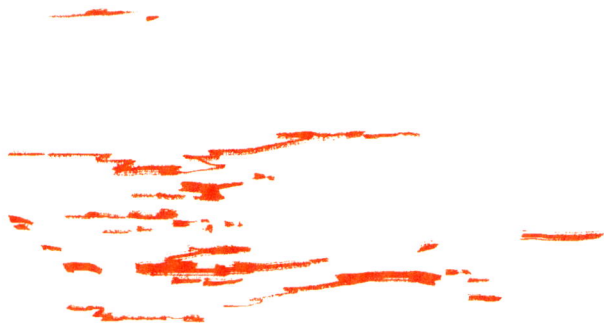

名

风旗

出处

清代袁枚《续子不语》卷八《江中黄袄》

第〇四〇号

清代，某人坐船在长江上航行。一天，这人忽然看到江面漂着一个东西，好像黄布包裹的一团衣服，随波摆动，看不清楚是什么，就叫来船工询问。

船工看了，大惊失色，说道：“这东西出来，一定会有船翻人亡的危险！怎么办？”说完，赶紧把船上的帆布、船篷全都拆掉了，让大家都坐下等待。

刚布置完，果然大风呼啸，浊浪滔天，小船漂泊于风涛之中，几次都差点儿翻掉，不过最终还是得以幸免。

其他没有准备的船，都沉没了。

这人就问船工到底是怎么回事。船工说他的父亲曾经就因为看到那个东西死掉了，所以他知道，但是他也不知道那东西是什么。

后来，有人说那东西叫风旗，只要它出现，江面上肯定会有大风浪。

名

赶浪

出处

清代赵吉士《寄园寄所寄》卷五（引《墨谈》）

第〇四一号

明代弘治年间，寿春荆涂峡有水怪作祟，阻挡峡口，淮河的水无法流淌，导致堤坝崩溃，淹坏了旁边很多区县的房舍、田地。

有商船经过时，这怪物就会兴风作浪，将船毁坏打翻，船上的人也因此落水而死。往来的小船多在河近岸航行。

当地人称呼这个怪物为赶浪，不敢冒犯它。

有人在月华朗照的晚上，看到过这东西，如同一根巨大的木头，躺在沙滩上。正要找人来时，它便进到水里，风浪骤起，所以人们又叫它神木。

如此作祟了四五年，它才平息。

名

鲙鱼

出处

五代杜光庭《录异记》卷五

第〇四二号

鲙鱼的样子像鳢鱼，身上长着红色的斑纹，大的有一尺多长，大多数生活在污泥池里，有时候一群鱼多达几百条。

这种鱼能兴妖作怪，也能迷惑人，所以人们不敢侵犯它。

有人祭祀这种鱼，附近田里的庄稼就会产量倍增。如果隐瞒自己的姓名租种土地，三年以后舍弃土地离开，一定能免遭鲙鱼的祸害。

鲙鱼有时候祸害人，能改变人的面目，使人的手足反转，只有向鲙鱼祈祷并道歉之后，才能解除灾祸。

鲙鱼夜间能在陆地上行走，经过的地方有湿泥的印迹，到达的地方能听到嗖嗖的声音。

名

高邮水怪

出处

清代董含《三冈识略》卷四《补遗·高邮水怪》

第〇四三号

清代某年的八月，归德这地方河堤溃塌，淹没夏邑、永城两县。

接着，高邮河发大水，浪头上出现一个怪物，长得如同妇女，头上有两角，腋下生有双翅，随潮水往来，所到之处，大水泛滥，淹死了无数人。

名

钩蛇

出处

南北朝郦道元《水经注》卷三十六
宋代李石《续博物志》卷二

钩蛇这种怪物，长七八丈，尾巴末端有东西如同钩子一般。

钩蛇出没于山涧水中，能够甩出尾巴，钩住岸上的牛，并将牛拖入水中吃掉。

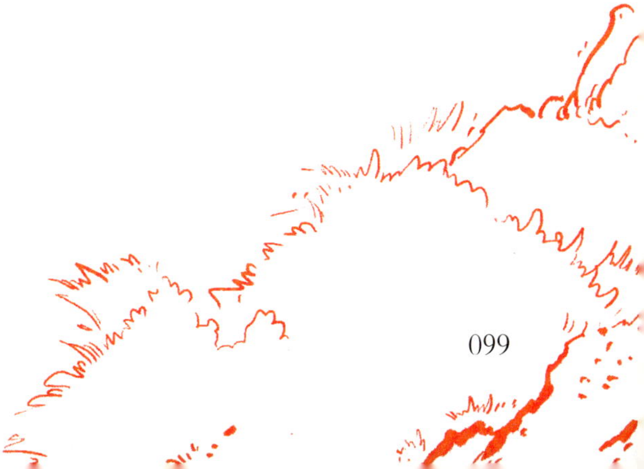

名

海鹿

出处

唐代房千里《投荒杂录》

第〇四五号

雷郡有一种鹿，肉腥而且没有味道，不能吃。当地人说是海鱼所化。

雷郡曾经有个人看见还没有彻底变身的海鹿，身体是鹿，脑袋却是鱼，这才相信。

名

鼋

出处

晋代干宝《搜神记》卷十四

晋代陶潜《续搜神记》

第〇四六号

东汉灵帝的时候，江夏人黄氏的母亲洗澡时变成了一只鼋，游到深渊中去了，后来还常常浮出水来。老太太洗澡时戴的一支银钗，等她的化身在水面出现时，还戴在头上。后来黄某一家累世再不敢食鼋肉。

三国黄初年间，清河人宋士宗的母亲，夏天里的一天在浴室里洗澡，让家里的儿女都出去关上门。过了许久，家里人心中生疑，便从墙壁的孔洞中暗中窥视，只见浴盆里有一只鼋。

于是，他们就打开门，大人小孩全进到浴室里，大鼋却一点儿也不搭理他们。老太太先前戴着的银钗，仍在其头上。

一家人没办法，只好守着大鼋哭泣。过了一会儿，那大鼋爬出门外，爬得很快，谁也追赶不上，眼睁睁看着它爬进了河水里。

又过了好几天，它忽然回来了，像平时一样在住宅四周巡行，一句话没说就走了。

当时的人对宋士宗说应当为母亲举办丧事，宋士宗认为母亲虽然变了外形，可是还活在世上，就没有举行丧礼。

名

曹公船

出处

晋代干宝《搜神记》卷十六《曹公船》

第〇四七号

在安徽无为，有个地方叫濡须口。三国的时候，曹操为了报火烧赤壁之仇，起兵四十万与东吴大战，结果两次都无功而返。

据说，濡须口有一条大船，船身沉没在水中，水位低的时候，它就露出来了。当地的老人们都说："这是曹操的船。"因此，称其为"曹公船"。

曾经有一个渔夫，夜里停宿在曹公船旁边，并把自己的船拴在了这条大船上。

夜深人静，只听见那条大船上传来吹奏竽笛、弹拨丝弦以及歌唱的声音，还不时有非同一般的香气飘来。

渔夫刚入睡，便梦见有人驱赶他说："别靠近官家的歌姬。"

传说曹操载歌姬的船就沉在这里。

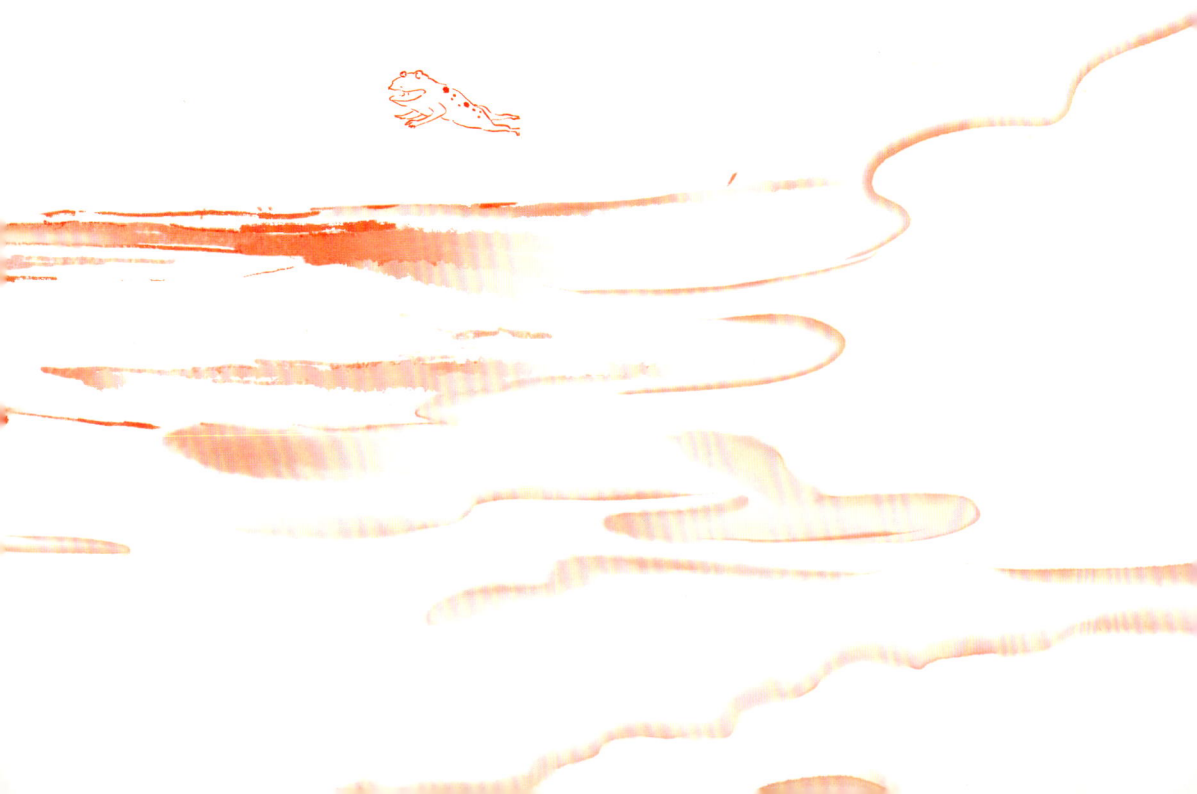

荒篇

名

黄大王

出处

清代吴炽昌《续客窗闲话》卷一《黄大王》

黄大王，是黄河之主。

相传，黄大王生前是河南人，明代时出生于一个农家，性喜水。很小的时候，他就死了父亲，由母亲扶养长大。三岁的时候，母亲替人洗衣服，从井里提水，黄大王在井边玩耍，看到井里出现了自己的影子，就跳了进去。

母亲吓坏了，赶紧让人来救，结果发现他坐在水上，两手拍着自己的影子嬉戏，身体根本就没有沉下去。大家都很诧异，递给了他绳子，将他拉了上来。

到了七八岁，他母亲也死去了。他的姑姑嫁给了一个打鱼的，没有子女，就将黄大王抱过去收为养子。黄大王跟着姑父姑母打鱼，更是以水为乐。

姑父屡次叮嘱黄大王不要玩水，他也不听。一天，姑父躺在船头，被黄大王击水弄湿了衣服。姑父很生气，一脚将黄大王踹下船，黄大王随波逐流而去。

姑母见了，大急，喊道："你怎么把我儿踢进水里了？黄家要绝后，我老了也无所依靠了！"姑父说："这孩子太顽劣了，恐有后患。"

夫妻两个正在争吵，从下游来了一条船，船主人询问之后，说："没事儿，下游十里地，有个孩子正在玩水呢，估计是你家的，赶紧去带回来吧。"姑母赶紧去找，发现黄大王抱着一条大鱼从水波里走出来。

后来，黄大王渐渐长大，姑母就让他为人放牛，然后送入私塾读书，黄大王很是聪慧，过目不忘。

等黄大王成年，姑父姑母也病逝了。时值明末，天下大乱，到处都是盗贼，黄大王被王爷招揽。

接着，起义军进入陕西，围困太原，黄大王知道贼势甚大，不能抵抗，就买了十几条小船，沿黄河而上，最终救下了王爷，还有跟随王爷的亲丁和随从数百人。

黄大王安置了王爷，就回家教书了。

后来，清兵入关，平定山西，治理黄河决口的堤防。黄大王应募前去，指挥筑堤。决口即将合拢时，水流甚急，官府选了四个壮汉，让他们抱着木桩去堵决口，那四个人害怕危险都不敢去。

黄大王见了，流下眼泪，对他们说："你们四个人如果因此死去，就会立下大功，享受千年的祭祀，如果不答应，同样会被处死。同样都是死，如果去能被人们永远记住，那为什么不去呢？"四个壮汉听了，都觉得黄大王所言甚是，于是大醉一场，抱着木桩用生命筑成了大堤。

官府论功行赏要给黄大王授官，黄大王谢绝了，说："我之所以前来筑堤，是为了百姓，不是为了功名。"说完就离开了。

后来，黄河决堤，洪水四处泛滥，淹死了很多人。治理黄河的官员召来黄大王，黄大王登高，看着滔滔的洪水，选定日子，然后说："那天，所有人都回避，我一个人去办。"

这一日，风雨雷电交加，云雾中看见一条黑龙下来，天地震动，黄河咆哮，一连持续了三天三夜。

风平浪静之后，大家前去观看，发现决口已经堵上，但是黄大王已经死了。

治理黄河的官员上奏朝廷，封其为黄河之主，称“黄大王”，修建寺庙供奉，享受祭祀。

古话说，生而为英，死而为灵，黄大王之凛然正气，当为世间所知。

名

虎伥

出处

唐代戴孚《广异记》
清代袁枚《续子不语》卷七
清代纪昀《阅微草堂笔记》卷十七

古代传说被老虎吃了的人，死后会变成虎伥，被老虎逼着干坏事。

唐代开元年间，渝州多次发生老虎吃人的事件，猎人们设了有机关的陷阱，总也没有捉到它。

一个有月光的夜晚，有个猎人爬到树上去张望，见有一个虎伥，长得像一个七八岁的小男孩，光着身子轻手轻脚地行走。他全身是碧色的，来到陷阱处便发现了那里边的机关，然后把机关弄坏了。

等虎伥走过，树上的这个人又下来重新装好机关。不一会儿，一只老虎径直走来，掉进陷阱里死了。又过了一会儿，小男孩哭着走回来，钻进了老虎的口中不见了。

等到天明，猎人们打开陷阱一看，有一块鸡蛋大的碧玉卡在老虎的喉咙里。

也是唐朝，天宝末年，宣州有一个小男孩，他的家靠近大山。每天到了夜晚，他总能看见一个鬼领着一只老虎来追他，如此已经十多次了。小男孩便对父母说：“鬼领着老虎来，我就一定会死。世人都说，人被虎吃了，就会变成虎伥鬼。我死了肯定得当伥。如果老虎让我给它领路，我就把它领到村里来。村里应该在主要道路上挖陷阱来等着，那就可以捉到老虎了。”

几天之后，这小男孩果然被老虎吃了。又过了几日，他的父亲梦见了他。他对父亲说，他已经给老虎当伥了，第二天就领着老虎到村里来，赶快在偏西的路上挖一个陷阱。他的父亲就和村里人开始挖陷阱。陷阱挖成之后，果然捉到了老虎。

清代有个樵夫在山里伐木，累了正在休息，远远看见有个人拿着一堆衣服，一边走一边丢弃，模样很奇怪。

樵夫就暗暗跟踪，发现这个人走路很快，相貌也跟人不一样，就怀疑他是鬼怪。樵夫顺着丢弃的衣服往前走，来到一个山坳，看到一只老虎蹲伏在那里，才知道刚才看到的那个人是虎伥鬼，丢弃衣服是为了引人到老虎这边，给老虎吃掉。樵夫吓得够呛，连柴火都不要，赶紧下了山。

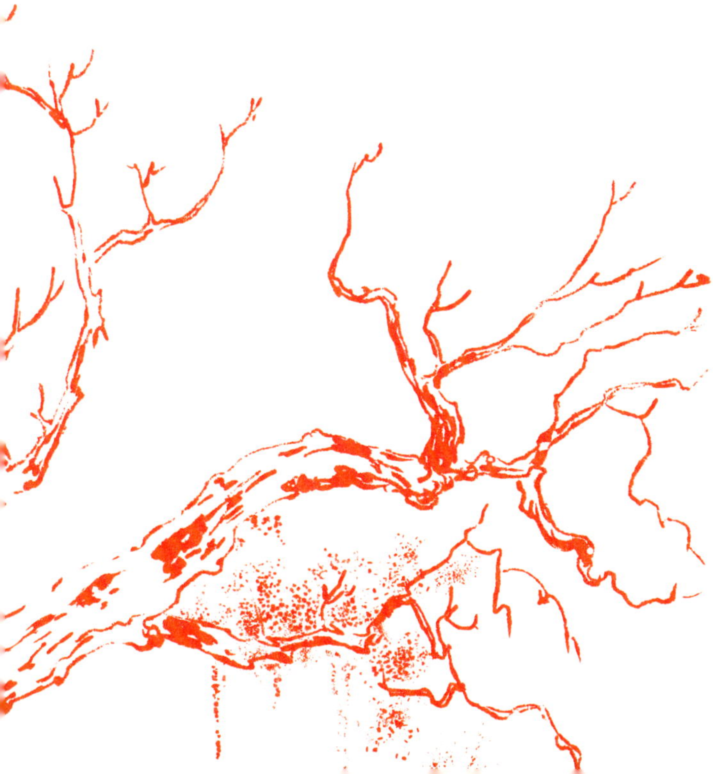

名

驺虞

出处

春秋《诗经·国风·召南·驺虞》
战国《山海经·海内北经》
汉代伏胜《尚书大传》卷二
汉代许慎《说文解字》第五上
南北朝沈约《宋书》卷二十八
唐代房玄龄《晋书》
明代彭大翼《山堂肆考》卷二百一十七等

第〇五〇号

驺虞是传说中的一种怪物，形如长着黑色条纹的白虎，尾巴比身体还要长，不吃人，只吃已死的野兽的肉，有至德至信。

周文王被囚禁在羑里的时候曾经抓住过这种怪物，献给纣王。

晋代隆安年间，新野这个地方曾经出现过驺虞。

南朝宋元嘉二十六年（449 年），琅琊有一只白色的驺虞出现，后面跟着两只红色的老虎。

名

钟馗

出处

明代张岱《夜航船》卷十八《钟馗》

第〇五一号

钟馗，唐代安徽灵璧人，传说长相极为丑陋，十分贫穷。后来钟馗参加科举，考中了功名却因为长得丑被除名，愤懑而死，死后成了鬼。

唐玄宗有一次白天睡觉，梦见一个小鬼，穿着绛色的衣服，犊鼻，一脚穿鞋，一脚光着，将一只鞋别在腰上，来偷自己身上的香囊。唐玄宗就呵斥它，问道：“你是何人？”小鬼说：“我叫虚耗。”唐玄宗大怒，正要叫高力士，忽然看见一个大鬼，戴着破帽子，穿着蓝色袍子，系着鱼袋，穿着朝靴，走上去抓住了那小鬼，先挖掉它的眼睛，然后将其撕开吃了。

唐玄宗问大鬼是谁，大鬼回答：“我是进士钟馗。由于皇帝嫌弃我的长相丑陋，决定不录用我，一气之下我就在宫殿的台阶上撞死了，死后就从事捉鬼的事了。”

唐玄宗醒后，命令当时最有名的画家吴道子把梦中钟馗的形象画下来，并且封赏了他。

从此之后，钟馗就成了中国人供奉的打鬼驱邪的神灵。

名

支提人

出处

汉代郭宪《汉武帝别国洞冥记》卷二

第〇五二号

汉武帝太初四年（前 101 年），东方朔从支提国回来了。

东方朔说，支提国里面的人高三丈二尺，三只手、三条腿，每只手、每只脚上各有三根手指、脚趾，力大无穷，善于奔跑，能够移动国内的小山，一口气喝光溪流里面的溪水。

他们用海苔做成衣服，拿着大象、犀牛抛来抛去为乐。

名

烛阴

出处

战国《山海经·海外北经》《山海经·大荒北经》

烛阴，睁开眼睛便是普天光明的白昼，闭上眼睛便是天昏地暗的黑夜，一吹气便是寒冬，一呼气便是炎夏，不喝水，不吃食物，不呼吸，一呼吸就生成风，身子有一千里长。

它的形貌是有人一样的面孔，蛇一样的身子，全身赤红色。

它住在钟山脚下。

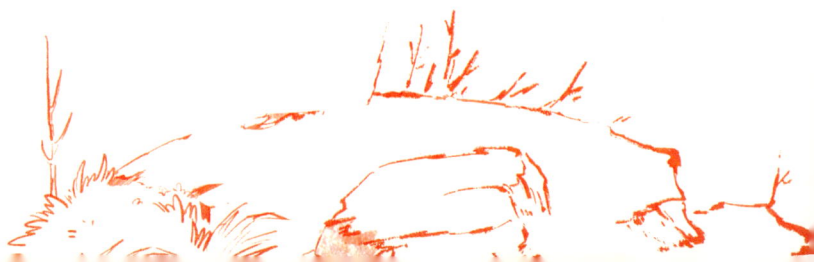

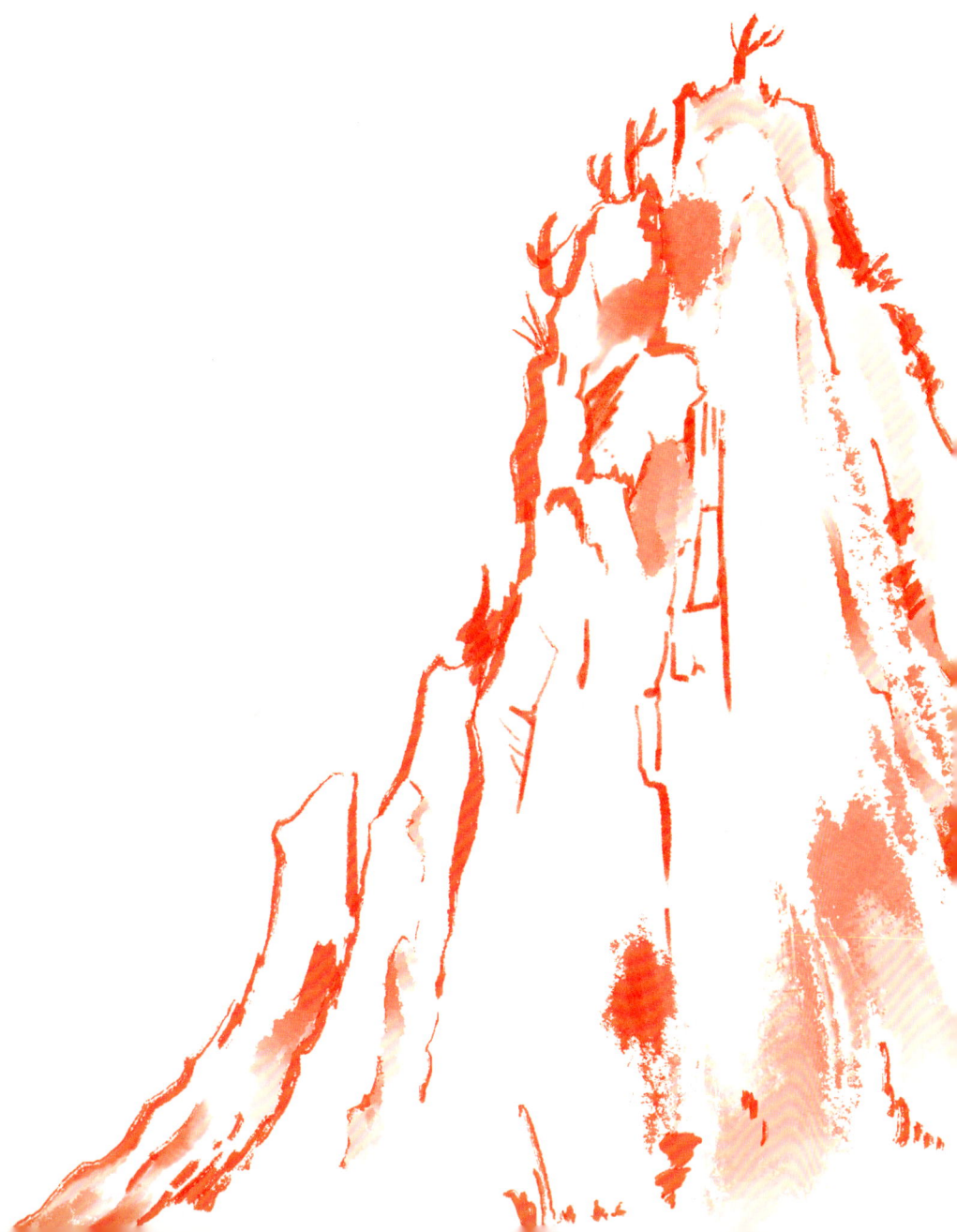

名

药兽

出处

明代张岱《夜航船》卷十七

荒篇

第〇五四号

传说上古神农氏的时候，有人进献了一头药兽。人如果生病，告诉药兽，它就会跑到野外，衔回药草。将药草捣碎了，喝下汁水，病就好了。

神农氏就命令风后这个人记载是什么草，治什么病。时间长了，人们就知道如何治疗疾病了。

名

一目五先生

出处

清代袁枚《子不语》卷九《一目五先生》

第〇五五号

传说，在浙江，有一种奇怪的鬼。

这种鬼由五个鬼组合而成，四个鬼是盲的，唯独有一个鬼长着一只眼睛，其他的鬼都靠这个鬼看东西，所以被称为“一目五先生”。

发生瘟疫的时候，五个鬼就会联合行动，等待人睡熟了，就用鼻子去闻那个人。被一个鬼闻，那个人就会生病。如果被五个鬼一起闻，那个人就会死掉。一般情况下，四个鬼都不敢做主，只听那个长着一只眼睛的鬼的号令。

有个钱某夜宿旅店，其他的客人都睡了，他失眠睡不着，忽然看到灯光越来越暗，一目五先生跳跃而至。

四个鬼想要闻一个客人，一目鬼说：“不行，这个人是大善人！”四个鬼要闻旁边的一个人，一目鬼说：“不行，这个人是个有福气的人！”四个鬼又要闻一个客人，一目鬼说：“更不行了，这个人是个有名的大恶人，招惹他会引来麻烦。”四个鬼很不耐烦，说：“那今天的晚餐怎么办？”一目鬼看了看，指着另两个客人说：“这两个家伙，不善也不恶，无福也无禄，就他俩了！”五个鬼一起去闻，那两个客人的喘息声逐渐就听不到了，而五个鬼的肚子却鼓胀起来，看来是吃饱了。

名

猰貐

出处

南北朝任昉《述异记》卷上

荒篇

第〇五六号

传说兽里面最大的叫猰貐，龙头马尾虎爪，长四丈，善于行走，以人为食。

如果遇到有道之君，它就会隐藏起来，否则就会出来吃人。

名

棕三舍人

出处

明代陆粲《庚巳编》卷十《棕三舍人》
清代东轩主人《述异记》卷中

棕三舍人，其实是一条巨大的棕缆。

明太祖朱元璋曾经在鄱阳湖和陈友谅大战，死者数十万。战争结束后，朱元璋命人将一条缆绳放在湖中。后来，冤魂附于其上，时间长了，就出来作祟。

凡是遇到这东西，渔人都会祭祀，不然就会船毁人亡。

清代有个叫徐孟麦的人去岭南，经过鄱阳湖，正要升帆开船，船工赶紧让徐孟麦祭祀棕三爷爷。徐孟麦就问棕三爷爷是什么东西，船工摆手不说。

后来，等徐孟麦归来的时候，那个船工来迎他，竟然没有祭祀。徐孟麦就问怎么回事。

船工说："当年明太祖和陈友谅大战鄱阳湖，陈友谅船上有一条巨大的棕缆绳，断成三截掉入湖中。其中两截变成蛟龙随风雨而去，剩下一截在湖里作祟，不祭祀，就会船毁人亡。今年湖干了，那东西游进浅水河湾里出不来，后来搁浅在沙滩上。大家去看，发现它满身都是水藻，上面长出了鳞甲和鬃毛。大家报官，官府派人烧掉了，烧的时候，流出很多血，又腥又臭。从此之后，就再也没东西出来作祟了。"

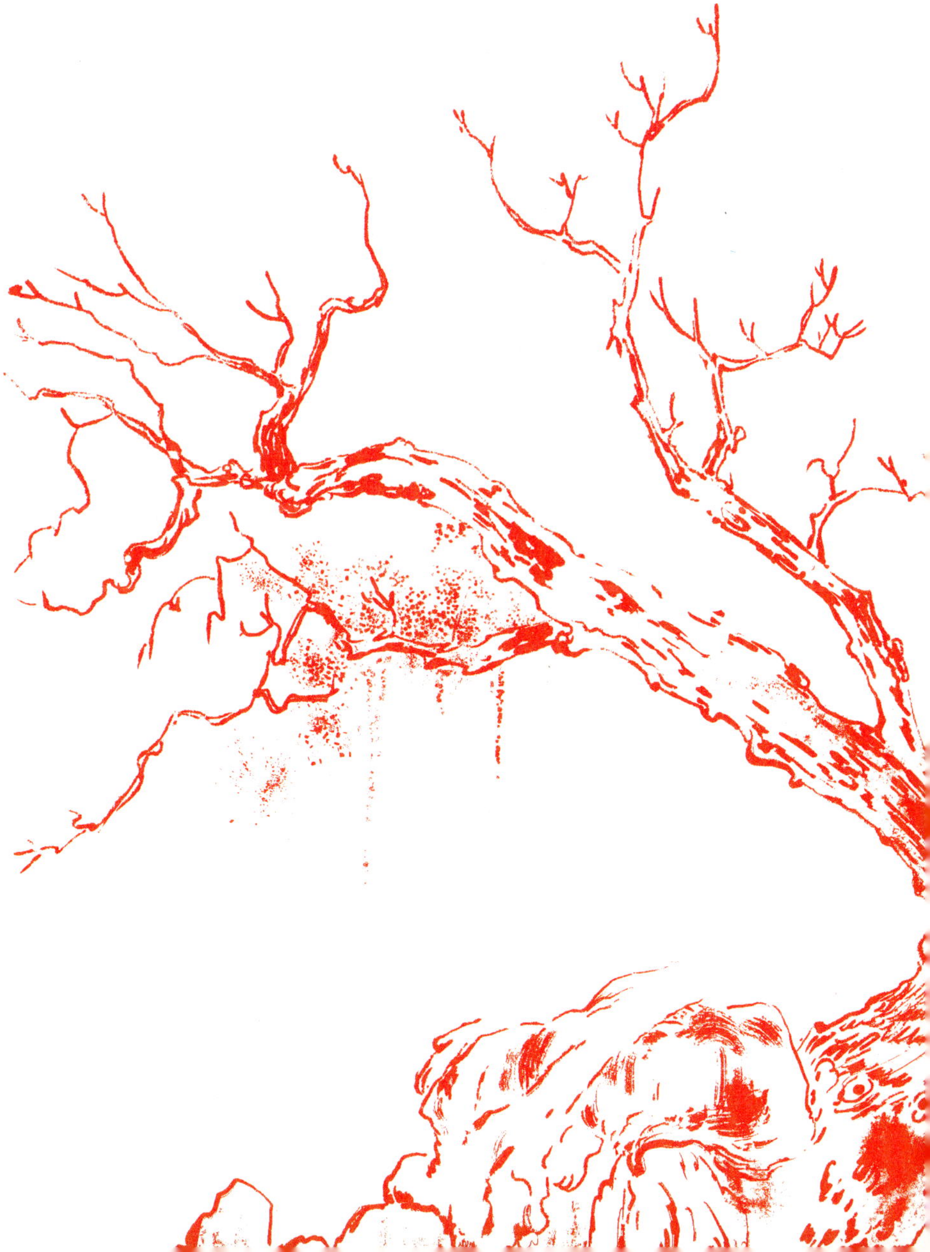

名
食梦兽
出处
南北朝范晔《后汉书》志第五
唐代段成式《酉阳杂俎》前集卷十四《诺皋记上》
宋代赞宁《物类相感志》卷六

第〇五八号

食梦兽，也叫伯奇，是一种喜欢在人熟睡时，偷吃人做的噩梦的鬼怪。

伯奇是周宣王辅臣尹吉甫和前妻生下的孩子。后来尹吉甫娶了后妻，也生下了孩子，后妻就向尹吉甫说伯奇的坏话。

伯奇很孝顺，不愿意为此事去辩白，就跳进了江里死了。后来，尹吉甫知道伯奇是被冤枉的，就射杀了后妻。

食梦兽，就是伯奇的冤魂所化。

名

獬豸

出处

汉代许慎《说文解字》

汉代东方朔《神异经》

第〇五九号

传说獬豸生在东北的大荒之中，长得像牛，一只角，青色的毛。

獬豸能辩曲直，见到有人相斗，就会用犀利的角去顶触理屈的一方；听到有人相争，就会用嘴咬挑起是非的一方。

因此，古代审判时，官员会牵来獬豸。谁作奸犯科，獬豸就会用角顶谁，所以它也被叫作任法兽。

名

促织

出处

清代蒲松龄《聊斋志异》卷四《促织》

明代宣德年间，皇室里盛行斗蟋蟀，每年都要向民间征收蟋蟀。这东西本来陕西并不出产。华阴县有个县官，想巴结上司，便献上了一只蟋蟀。上司试着让它斗了一下，结果那只蟋蟀很能打斗，上司于是责令他经常供应。县官又把供应的差事派给各乡的公差。

于是，市上那些游手好闲的年轻人，捉到好的蟋蟀就用竹笼装着，喂养它，抬高它的价格，然后储存起来，当作珍奇的货物等待高价出售。

乡里的差役们狡猾刁诈，借这个机会向老百姓摊派费用，每摊派一只蟋蟀，就常常使好几户人家破产。

县里有个叫成名的读书人，一直以来未考中秀才，为人拘谨，不善说话，就被刁诈的小吏报到县里，叫他担任里正的差事。他想尽方法还是摆脱不掉这差事。不到一年，成名微薄的家产都受牵累赔光了。

这一年，正好又碰上征收蟋蟀，成名不愿勒索老百姓，但又没有可抵偿的钱，忧愁苦闷，想要寻死。他妻子说：“死有什么用处呢？不如自己去寻找，也许还有万一的希望。”成名认为这话很对。

之后的一阵子，他就早出晚归，提着竹筒丝笼，在破墙脚下、荒草丛里，挖石头，掏大洞，各种办法都用尽了，但是最终没有成功。即使捉到两三只蟋蟀，也是又弱又小，不合规格。

县官定了限期，严厉追逼，成名在十几天中被打了上百板子，两条腿脓血淋漓，也不能去捉蟋蟀了。躺在床上，痛苦不已。

这时，村里来了个驼背巫婆，说是能借鬼神预卜凶吉。成名的妻子准备了礼钱去求神，烧香跪拜。约莫一顿饭的工夫，巫婆的帘子动了，一片纸抛落下来。妻子拾起一看，并不是字，而是一幅画，当中绘着殿阁，就像寺院一样，殿阁后面的山脚下，横着一些奇形怪状的石头，长着一丛丛荆棘，一只青麻头蟋蟀伏在那里，旁边有一只癞蛤蟆，就好像要跳起来的样子。

她展开看了一阵，不懂什么意思，但是看到上面画着蟋蟀，正跟自己的心事暗合，就把纸片折叠好装起来，回家后交给成名看。

成名反复思索，觉得应该是提示自己捉蟋蟀的地方，细看画上面的景物，和村东的大佛阁很相像。于是他忍痛爬起来，拿着画来到寺庙后面的古陵旁边。

成名沿着古坟向前走，见一块块石头好像鱼鳞似的排列着，就像画中一样。他在野草中一面侧耳细听一面慢走，用心探索着，突然一只癞蛤蟆跳了过去。成名更加惊奇，急忙循着癞蛤蟆的踪迹，拨开草丛去寻找，见一只蟋蟀趴在棘根下面，急忙扑过去捉住了它。

蟋蟀俊美健壮，尾巴长，长着青色的脖颈、金黄色的翅膀。成名特别高兴，用笼子装上提回家，全家庆贺，把它看得比价值连城的宝玉还珍贵。

成名把它装在盆子里，用蟹肉栗子粉喂它，爱护得周到极了，只等到了期限，拿它送到县里去交差。

成名有个九岁的儿子，一日见爸爸不在家，偷偷打开盆子来看。蟋蟀一下子跳了出来，等抓到手后，蟋蟀的腿掉了，肚子也破了，没一会儿就死了。孩子害怕，就哭着告诉妈妈，妈妈听了，吓得面色灰白，大惊道：

"祸根，死期到了！你爸爸回来，自然会跟你算账！"孩子一听哭着跑了。

不多时，成名回来，听了妻子的话，怒气冲冲地去找儿子，结果在井里找到了儿子的尸体。夫妻俩呼天喊地，悲痛欲绝。

到傍晚时，成名拿上草席准备把孩子埋葬，发现儿子还有一丝微弱的气息。他们便把孩子放在床上，半夜里孩子苏醒过来。夫妻二人心里稍稍宽慰一些，但是孩子神情呆呆的，气息微弱，只想睡觉。

上交蟋蟀的日子马上就到了，成名整日愁眉苦脸，忽然听到门外有蟋蟀的叫声，起来四下寻找，看见一只蟋蟀趴在墙壁上，个儿短小，黑红色。成名见它很小，就去寻找别的。

这时，墙壁上的那只小蟋蟀忽然跳到他的衣袖上。成名再仔细看它，形状像蝼蛄，梅花翅膀，方头长腿，从外形上看是蟋蟀的优良品种。成名高兴地收养了它，准备献给官府，但心里还是不踏实，怕不合县官的心意，他想先试着让它斗一下，看它怎么样。

村里一个年轻人养着一只蟋蟀，给它取名叫"蟹壳青"，每日用它跟其他少年斗蟋蟀，没有一次不胜的。这年轻人想留着"蟹壳青"居为奇货来牟取暴利，便抬高价格，但是一直没有人买。

有一天，少年直接上门来找成名，成名就想和这个年轻人斗蟋蟀。双方把蟋蟀放进斗盆里，小蟋蟀趴着不动，呆呆地像个木鸡。年轻人大笑，试着用猪鬣撩拨小蟋蟀的触须，小蟋蟀仍然不动。撩拨了它好几次，小蟋蟀突然大怒，径直往前冲，腾身举足，振翅鸣叫，跳起来，张开尾，竖起须，一口咬住“蟹壳青”的脖颈。年轻人大惊，急忙将两只蟋蟀分开，并承认自己的蟋蟀败了。小蟋蟀抬着头，振起翅膀，得意地鸣叫着，好像给主人报捷一样。

成名大喜，这时，突然来了一只鸡，直向小蟋蟀啄去，小蟋蟀一跳有一尺多远，麻利地躲开了。这只鸡强健有力，又大步地追逼过去，成名赶过去时，小蟋蟀已被压在鸡爪下了。成名吓得惊慌失措，不知怎么救它，急得直跺脚。忽然见鸡伸长脖子扭摆着头，到跟前仔细一看，原来小蟋蟀已趴在鸡冠上，用力叮着不放。成名越发惊喜，捉下小蟋蟀放在了笼中。

第二天，成名把蟋蟀献给县官，县官见它个儿小，怒斥成名。成名讲述了这只蟋蟀的奇特本领，县官不信。让人拿来其他的蟋蟀和小蟋蟀搏斗，那些蟋蟀都斗败了。又让小蟋蟀试着和鸡斗，果然和成名所说的一样。

于是，县官就奖赏了成名，把蟋蟀献给了巡抚。巡抚特别喜欢，用金笼装着献给了皇帝，并且上了奏本，仔细叙述了它的本领。

到了宫里，凡是全国贡献的蝴蝶、螳螂、油利挞、青丝额及各种稀有的蟋蟀，都与小蟋蟀斗过了，没有一只能占它上风的。它每逢听到琴瑟的声音，都能按照节拍跳舞，大家越发觉得出奇。皇帝更加喜欢，便下诏赏给巡抚好马和锦缎。巡抚不忘记好处是从哪来的，不久，县官也以才能卓越而闻名。县官一高兴，就免了成名的差役，又嘱咐主考官，让成名中了秀才。

过了一年多，成名的儿子精神复原了。他说自己变成一只蟋蟀，轻快而善于搏斗，到这时才苏醒过来。

巡抚也重赏了成名。不到几年，成名就有了一百多顷田地，很多高楼殿阁，还有成百上千的牛羊。每次出门，成名身穿轻裘，骑上高头骏马，比世代做官的人家还阔气。

名

魍魉

出处

晋代干宝《搜神记》卷十六
南北朝任昉《述异志》
唐代段成式《酉阳杂俎》前集卷十三
宋代邢凯《坦斋通编》
宋代周去非《岭外代答》
清代袁枚《续子不语》卷七等

传说上古时颛顼氏有三个儿子，死后都成了鬼：一个居住在江水，叫疟鬼；一个居住在若水，叫魍魉鬼；一个喜欢跑到人家里，惊吓小孩，所以叫小儿鬼。

根据记载，魍魉喜欢吃死人的肝脏，惧怕老虎和柏树，所以民间坟墓旁边多种植柏树，并且雕刻老虎的石像，就是为了赶走它。

山西山阴县有个进士姓高，在他没有考中进士之前，他的父亲靠给人家当佣人为生。

有一天，高父傍晚回来，看到一个个子十分高大的鬼站在路边，身体靠着人家的屋子，腰倚在屋檐上，便停了下来。

这个鬼捧着一个孩子，对孩子说："我本来是想吃掉你，但你命中注定会当上九品官，有三千亩的田地、很多屋舍，而且你还会有两个儿子，所以我又不忍心吃你了。"说完，大鬼把孩子放在瓦上，转身要离开时，看到了高父。

高父喝了酒，也不怕，心想："这个鬼连孩子都不忍心吃，恐怕就更不会吃我了。"于是，高父对鬼说："我听说长得很高大的鬼，叫魍魉，能让人富贵。我求求你，让我也变得有钱吧。"鬼不答应，让高父马上离开。高父一个劲儿地恳求。

魍魉没有办法，从袖子里掏出一根绳子，上面绑着一根竹竿，交给高父，就拂袖而去了。

高父回来告诉妻子，搬来梯子，将魍魉丢弃的孩子抱了下来。第二天，听说乡里有个姓冯的人丢了儿子，到处寻找。高父便将孩子交给姓冯的人，并且把魍魉的话告诉了他。姓冯的人很高兴，拜高父为干爹。后来，这个孩子长大后果然当了官，成为山西巡检。

正如魍魉所言，高家也因此富贵了，子孙都考取了功名。

名

毛老人

出处

明代张岱《夜航船》卷十八

清代褚人获《坚瓠集》续集卷三

荒篇

第〇六二号

南京有个玄武湖，明代的时候，在湖中建立黄册库，收藏全国的户口黄册，严令禁止烟火。

明太祖朱元璋的时候，有个姓毛的老人献黄册。朱元璋觉得黄册库最怕的就是闹老鼠，怕老鼠咬坏那些黄册，这个人姓毛，毛和猫是谐音，于是就将毛老人活埋在库里，命令他死后驱赶老鼠。

从那之后，黄册库里一只老鼠都没有，纸张也不曾被咬坏。朱元璋专门命人给毛老人设立祠堂，春秋时节都祭祀他。

名

无损之兽

出处

汉代东方朔《神异经·南荒经》

第〇六三号

大地的南方有一种怪兽，身形长得似鹿，但是脑袋长得像猪，獠牙尖利，喜欢找人要粮食吃，名为无损之兽。人如果割掉它身上的肉，它不但不会生病，肉还会自动长出来，和原来一样。

它的肉可以用来做鲊的调料，放入的肥肉不会腐烂变质，吃完了再添肥肉，味道更鲜美。

名

酒鬼

出处

清代李鹤林《集异新抄》卷四

第〇六四号

所谓酒鬼，就是让人嗜酒的一种鬼。

清代有个人在师父家求学，晚上还没睡觉，忽然，听到窗户外面有人说话。他打开窗户一看，一个披头散发的鬼站在师父家门外，自称酒鬼，和门神聊天。门神说：“主人不喝酒，你进来干吗？”酒鬼从怀里掏出一张纸，递给了门神，然后走进了师父的屋子。

师父向来讨厌喝酒，家里既没有酿酒的东西，也没有酒杯，可第二天就让人买酒，自此嗜酒如命，很快连书都不教了，家里也变得困顿起来。

名

后眼民

出处

元代周致中《异域志》卷下

第〇六五号

后眼民，曾经在鞑靼出现过，不知道他们出自何处。他们穿的衣服、戴的帽子和鞑靼人的相同，脖子后面有一只眼睛，性格狠戾，连鞑靼人都怕。

名

煎饼鬼

出处

宋代曾慥《类说》卷四十三（《北梦琐言》）

第〇六六号

传说夜里做煎饼，就会招来鬼魂。

宋代有个读书人经过衢州，晚上在一个叫崇福院的寺庙住宿，有个鬼对他说："昨晚寺里的和尚做煎饼、肉羹，我吃掉了煎饼，打翻了鼎器，把肉羹和灰都埋在了花栏下面。"

还有一个煎饼鬼，在一户人家没有得到煎饼，就把女主人的丫鬟推入火中，说："我能治疗烧伤，但你得给我煎饼。"

据说，有个女子晚上做煎饼，从窗户外忽然伸进来一只巨大的青手，拿走煎饼就消失了。

名

老吊爷

出处

清代俞樾《右台仙馆笔记》卷五《老吊爷》

荒篇

第〇六七号

河南开封城有所谓“老吊爷”，原本是个吊死鬼。

其人生前姓张，背着几匹布到集市上贩卖，但是半路上布就被贼偷走了，他便气愤地上了吊。他死后，出现了灵异，县里的捕役便奉他为神，供奉它，尊它为“老吊爷”，还特意为它建了庙。

凡是抓不到的盗贼，捕役就会到庙里向老吊爷祈祷询问，老吊爷就会告诉他们盗贼的下落，十分灵验。

老吊爷的像高二尺多，站着，手里拿着雨伞，背着几匹布，看上去就是个很平凡的老头。

名

解形之民

出处

晋代王嘉《拾遗记》卷九
唐代段成式《酉阳杂俎》前集卷四

第〇六八号

晋武帝的时候，因墀国的东边有解形之民，能让头飞到南海，左手飞到东海，右手飞到西泽。到了傍晚，头飞回来落到脖子上，两只手碰到大风，没回来，漂泊到了海外。

名

取宝鬼

出处

明代郑仲夔《耳新》卷六

第〇六九号

海南有一种鬼，似人非人，似兽非兽，高不足三尺，能听懂人的话。这种鬼能够进入大山寻取沉香以及其他的宝贝，所以海南有很多人购买它养起来，让它去寻宝。

寻宝前，鬼会伸出指头，和主人约定时间，一般都是几年，它如果不愿意，就会摆手。

主人交给它斧头、锯子，用水果喂饱它，鬼就拎着工具离开了。或几年，或数月，或十余日，以吃果子的多少来确定去寻宝的时日。不过，一般会按照约定时间带回来数不尽的宝贝。不过约定时间一到，这鬼就会去投靠新的主人，不能挽留。

名

讹兽

出处

汉代东方朔《神异经·西南荒经》

荒篇

第〇七〇号

大地的西南荒生存着一种叫讹兽的怪物，外形像兔子，但长着人的脸，而且能说话。

讹兽经常欺骗人，说东其实是西，说恶其实是善。

人如果吃了它的肉，以后就再也不会说真话了，只会骗人。

名

祖宗鬼

出处

南北朝刘敬叔《异苑》卷六

清代纪昀《阅微草堂笔记》卷四《滦阳消夏录四》

第〇七一号

南北朝时，大概是在元嘉十年（433年），有个叫徐道饶的人，忽然看见一个鬼，这鬼自称是他的祖先。当时，天气晴朗，徐家将收获的稻子堆在屋檐下，这个祖先鬼就对徐道饶说："明天你可以把稻子运到场上晒一晒，天要下雨了，后头再没有晴的时候。"徐道饶觉得它是自己的祖先，肯定不会害自己，就听从鬼的指教，把稻子运到场上晾晒，鬼也帮着他运。这之后，果然下起了连绵大雨。

清代，有个叫何大金的佃户，夜里看守麦田，有个老头走过来，坐在自己旁边。何大金见老头面生，以为他是路过的行人。老头口渴，何大金就把自己的水罐给他。两人闲聊，老头问何大金姓什么，又问何大金的爷爷是谁，何大金都回答了。老头听了，脸上露出悲伤的神情，说："你不要害怕，我是你的曾祖父，不会害你。"

老头问了很多何大金家里的事，而且问得很详细，一会儿高兴，一会儿难过，临走的时候，嘱咐何大金："成了鬼之后，除了想得到一些祭祀之外，最放不下的就是子孙后代。听说自己的后代人丁兴旺，就会很高兴，听说子孙零落，就会很难过。现在我听你说你们的日子过得还不错，心里很是欣慰，你以后一定要好好做人，要努力呀。"

说罢，很舍不得地告别了何大金。

名

磎鼠

出处

汉代东方朔《神异经·北荒经》

荒篇

第〇七二号

大地的北方冰原万里，冰层的厚度可以达到一百多丈，䶄鼠就生活在冰下的土壤中。

䶄鼠形状如同老鼠，以冰下的草木为食。

䶄鼠的肉往往可以长到万斤重，用它的肉做肉脯，吃了可以治疗热病。

䶄鼠的毛有八尺长，用来做成被褥，躺在上面可以抵御寒冷。

䶄鼠的皮可以用来做鼓，敲击的声音千里之外也能听得见。

它长着漂亮的尾巴，可以引来其他的鼠类。

名

讙头人

出处

战国《山海经·海外南经》

第〇七三号

讙头国的人都是人的面孔，背上却生有两只翅膀，还长着鸟嘴，能用他们的鸟嘴捕鱼。

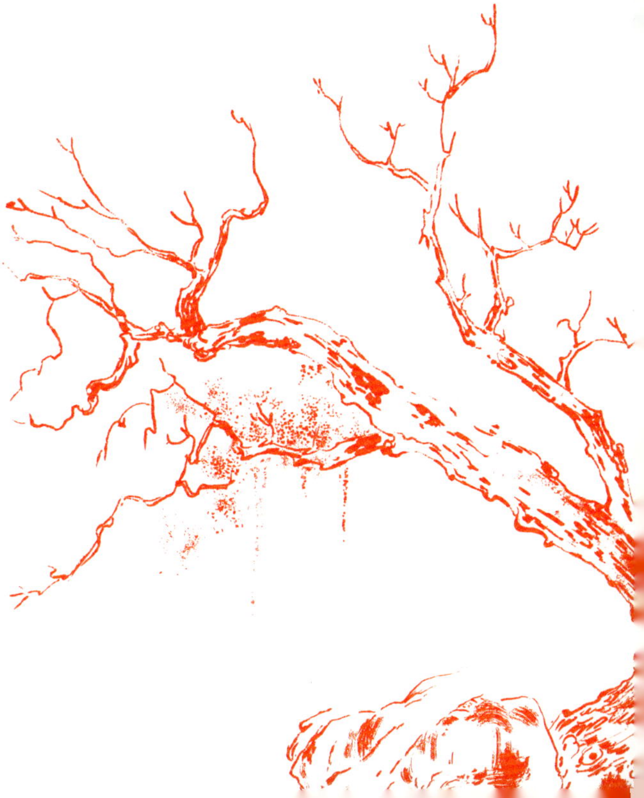

名

游光

出处

南北朝宗懔《荆楚岁时记》
清代袁枚《子不语》卷九《游光》

第〇七四号

游光是古代传说中的一种厉鬼，经常在夜晚出现，据说它一出现就意味着将发生大瘟疫。不过，或许因为游光太过厉害，反而成为老百姓崇敬的对象，据说呼喊它的名字，就能够驱除恶鬼。

古代在荆楚一带，端午节的这一天，人们都会将艾草扎成人形，挂在门上，用来避邪气，还会在胳膊上系五色的彩线，用来躲避恶鬼。人们经常嘴里念“游光厉气”四个字，恶鬼听到了，就会远远避开。

清代有个叫庄怡园的人，在关东见到一个猎人用木板箍住他自己的脖子，觉得很奇怪，就问他缘由。猎人回答说：“我们兄弟二人，骑着马出来打猎，经过一片荒芜野地，忽然看到一个三尺多高、胡子花白的人，拦在马前，向我们作揖。我哥哥问他是谁，他摇头不说话，张开嘴吹哥哥的马，那匹马受到惊吓，就不走了。我哥哥很生气，拉开弓箭射他。那人逃跑，我哥哥就追，很久也没有回来。我去找哥哥，来到一棵树下，看到哥哥倒在那里，脖子长了几尺，怎么叫都叫不醒。我正惶恐不安的时候，那个人从树里面出来，又张开嘴吹我，我觉得脖子很痒，就伸手挠，越挠脖子越长，变得跟蛇一样。我害怕极了，赶紧逃回来，捡了一条性命。但是我的脖子已经恢复不了了，我就用木板把脖子箍住了。”

有人说，这个猎人碰到的，就是游光。

名

英招

出处

战国《山海经·西山经》

丘时水从槐江山发源，向北流入泑水，山上蕴藏着丰富的石青、雄黄，还有很多琅玕、黄金、玉石，山南面到处是粟粒大小的丹砂，而山北阴面多产带符采的黄金白银。

槐江山由英招主管，英招的形状是马的身子、人的面孔，身上长有老虎的斑纹和禽鸟的翅膀，巡行四海，传布天帝的旨命，发出的声音如同用辘轳抽水声。

名
朴父
出处
汉代东方朔《神异经·东南荒经》

第〇七六号

传说东南的大荒之中，有朴父这种怪物，夫妻俩都有一千里高，腹围相连相接。

天地初开时，天帝让朴父夫妇二人疏浚江河。二人懒惰，不用心，天帝就罚他们站在东南角，不能喝水，也不能吃饭，只能靠喝天上的露水为生。什么时候黄河水变清了，他们二人才能重新去疏通江河。

宅篇

名

蚖

出处

宋代李昉等《太平广记》卷三百六十（引《广古今五行记》）

第〇七七号

南朝梁时，南郡临沮人邓差在麦城耕田，挖出了好几斛古铜，因而大富。

有一次，他走路遇雨，在一棵皂荚树下避雨，遇见一个老者。老者对邓差说：“你虽然富了，但明年你家会出现妖怪，很快就会衰败下去，而且会发生火灾。”邓差认为这老人是在吓唬他，想用邪术骗他的钱，就没理睬。

第二年，邓差在家里看见一个东西，有点儿像鳖，青黑色，有二尺多长，爬进爬出，时隐时现，伸头缩脑。狗看见后，都围着它狂叫。狗一叫，它就缩头，家里人都不敢碰它。

这样过了一百多天后，有一个农人看见了那怪物，说是“蚖”。邓差用镰刀砍伤了它的脚，然后把它扔到稻子堆下，后来那怪物就不见了。接着家里就着了火，损失惨重。

不久，邓差的儿子和侄子先后死去，官府又接连向邓差派劳役，家里果然衰败了下去。

名

人面豆

出处

清代李庆辰《醉茶志怪》卷二

清代朱翊清《埋忧集》卷七

第〇七八号

清代保阳有个老农，以种瓜为生。家里种有几亩地的甜瓜，老农亲自细心浇灌，等瓜熟了，发现瓜上长出了一张人脸，口眼耳鼻都有，但是表情十分悲惨。老农觉得这东西不祥，就把它扔进了河里。

这一年，他的一个儿子和一个侄子到山东去，结果半路被盗贼杀害了。

后来，有个从南面过来的客商带着十几粒黄豆，上面也长着人脸，经常拿出来给人看，听说出产黄豆的地方，也遭到兵灾，很多人都死了。

据说上谷的一户人家，家里的黄豆也突然长出了人脸，有男有女，有老有少，表情悲苦。

明代时，南京城胡惟庸的丞相府有棵五谷树，这树上会长出麦、黍等五谷。后来胡惟庸被处死的那年，树上长出了黄豆，黄豆上全都长出了人脸。

传说，五谷如果长出了人脸，就意味着会发生刀兵之灾。

名
驿舍怪
出处
宋代洪迈《夷坚志》甲志卷第四

第〇七九号

宋代元丰八年（1085 年），有个叫侯元功的人和三个同乡去考试，在道路旁边的一家驿舍借宿。

驿舍的屋子四角都有床榻，四个人就各自选择了一个休息。跟随的两个仆人围着火堆坐着烤火，忽然听到屋子西北角传来声响，一个长得像猪的东西跑出来，爬到床榻上，从头到脚地闻其中一个读书人，很快那人就抽搐不止。过了一会儿，那东西又跑去闻另一个人，接着是下一个人，最后来到侯元功的床榻前。还没来得及闻，那东西突然像是受到了驱赶，仓皇下床逃窜而去。侯元功这时也醒来了，赶紧叫醒另外三个人，三人都说梦见一个怪兽压着自己的身体，不知道是什么。仆人这时将刚才所见诉说了一遍。

侯元功听了，心中暗喜。后来，侯元功考取了功名，而另外三个人都没有考中，病死在了京师。

名

美人图

出处

唐代丘悦《三国典略》

清代解鉴《益智录》卷八

南北朝北齐时，有个人叫崔子武，年少时住在外祖父扬州刺史李宪家，一天夜里梦见一个女子，姿色出众，自称是龙王的女儿，愿意同他私下交好。崔子武很高兴，牵起她的衣袖，结果因用力过大，把袖子撕破了。二人缠绵一晚，天没亮那女子就告辞了。临走时，崔子武在她的衣带上打了一个结。

到了白天，崔子武去山祠中游玩，看到山祠旁边的墙上挂有一个女子的画像，从容貌体态来看就是自己昨天梦中见到的那个女子，再看画上，女子的衣袖被扯烂了，而且衣带上还打着一个结。

崔子武一下子就明白了梦中的女子就是画上的这个女子，之后没多久就恍恍惚惚得了病。女子每晚都出现在崔子武的梦中，后来，崔子武遇到了一个医生治好了他的病，女子就不来了。

清代有个人叫秋子丰，擅长画画。有一天，秋子丰画了一个美人，看见儿子秋成站在旁边看画，就戏弄他说："等你长大了，让这美人给你做媳妇。"秋子丰便把画裱起来，挂在了儿子的房间里，每到吃饭的时候，秋成就说："哎呀，不能把我媳妇饿坏了。"每顿饭前，秋成都会专门盛一碗饭放在画前供养。等到长大了，秋成尽管知道父亲在戏弄自己，却依然珍惜这幅画，上私塾读书也把这幅画带在身边。

私塾离家有点儿远，秋成早晨、中午在家吃饭，晚饭不回家吃，所以就带了干粮当晚饭。一天晚饭时，秋成发现干粮不见了，第二天还是如此。

他觉得很奇怪，就偷偷趴在窗户上看，看见一个女子拿着他的食物在吃，仔细观察，这女子分明就是画上的那个女子嘛！秋成赶紧推开房门进去，发现那女子不见了，那幅美人图还挂在墙上，秋成以为是自己眼花了。随后的几天，食物都还在，可再过几天，食物又不见了。

这天，秋成守在门口，等那女子从画上离开，刚一落地的时候，就冲进去，一把抱住那女子，笑道："偷食物的人，今天我可算是抓住你了！"女子惊道："吓死我了，请你放开我，我的确有罪，可也绝不会畏罪潜逃的。"

秋成放开了她，回头看看画，发现画上的美人还在，就问："我刚才看见你从画上下来，怎么上面还有美人呢？"女子说："我是画精，所以能离开纸呀。"秋成就问："你为什么吃我的饭呀？"女子回答说："我觉得你的食物就是我的食物，所以就吃啦。"

秋成觉得好玩，就说："原来你吃什么？"女子说："这说起来话就长了。我既然吃了你的食物，让你没东西吃，那就给你赔罪吧。"

房间里有碗橱，原本空空如也，女子走过去，从里面取出来很多的酒菜，摆了满满一桌子。秋成惊道："怎么搞了这么多酒菜？"女子笑道："新婚初宴，当然不能马虎。"

二人吃饭间，女子说："多年前，你的父亲画了我，让我给你当媳妇，你每天都供我饭菜，我得了食气，就修炼出了形体。之前不出来见你，是因为你还年少，现在你已经长大了，我就出来和你相会啦。"秋成喜出望外，就和女子结成了夫妻。

不久，秋成母亲病故。秋成的弟弟秋收才四岁。父亲秋子丰忙里忙外，苦不堪言，就娶了一个姓许的妇人做了继室。许氏这个人十分勤俭，但对秋收很不好。当时是冬天，秋收每次吃饭都会哭，秋子丰就说：“为什么哭呀？难道是怕你的继母不喜欢你？我喂你吧。”秋子丰拿起碗，发现那碗滚烫，这才明白是继母故意用热碗烫秋收。秋子丰心里痛恨许氏虐待自己的孩子，但又没啥办法。许氏生下了孩子后，对待秋收更不好了。

秋收九岁的时候，秋成已经考取生员到县里上学了，秋子丰就让秋收给秋成当伴读，还嘱咐秋成没事别让秋收回家。

过了不久，秋子丰死了。秋成带着秋收回来祭奠父亲。一天，秋成出去办事回来，发现秋收不见了，询问周围的人，有个学生说：“你继母许氏把秋收带走了。”秋成很惊慌，赶紧去家里找许氏，但是许氏说没有看见秋收。

秋成回来，跟妻子商量，妻子说：“弟弟虽然有难，但不会有性命之忧，等到晚上，我和你一起去救弟弟。”

到了晚上，妻子带着秋成来到继母的门口。见大门紧闭，妻子拉着秋成的手，腾空而起，翻墙而入，在地窖里发现了被捆作一团的秋收。秋成夫妻将秋收带回来后，从秋收的舌头上拔出了两枚银针，秋收已经奄奄一息了。

妻子说：“我可以保全弟弟，但是必须和你暂别了。”

秋成点头答应。妻子又说："我已经怀孕了，将来会生下孩子，你给我们的孩子取个名字吧。"秋成说："名字你取就行了。"

妻子答应后，便带着秋收离开了。秋成将妻子送出门外，她就消失不见了。回来再看那幅画，画上的墨迹变得极为模糊。

许氏知道秋收被秋成救走了，就想害死秋成。秋成一直躲避她，许氏给他饭菜，秋成把饭菜喂了狗，狗就被毒死了。自此秋成只说自己不饿，夜里也不敢在家里睡觉。

尽管继母对自己狠毒，但秋成依然很孝顺，每五天就一定回家看继母柴米够不够。许氏和秋子丰生下的孩子秋给，渐渐长大，秋成就想让秋给随自己一起读书，许氏生怕秋成暗害秋给，没答应。后来秋成几次三番劝说，许氏见秋成对待秋给如同亲弟弟一般，也就答应了。秋成和秋给的关系也因此越来越好。过了几年，秋成去府城参加岁考，路上听说许氏暴病死掉了，便赶回了家。不仅将许氏下葬，还尽心地抚养秋给。

后来，秋成去省里参加乡试，忽然觉得后面有人拉自己，并且说："哥哥，你去哪里呀？"回头一看，竟然是秋收！秋成大喜，带着秋收回到房间，指着秋给说："这是我们的弟弟，许氏已经死去三年多了，他留在家里无人照顾，就一起带来了。"秋收说："嫂子跟我说过。我今年就到去县学学习的时候了。"秋成问他们住在什么地方，秋收说："我现在住的地方离你有三百里，嫂子对我很好，还请名师教我，家里也很富足。对了，嫂子生下的侄子已经十三岁了。”秋成听了，十分高兴。

考完试，兄弟们一起回去，到了家，妻子出门迎接。秋成看妻子依然那么年轻，和当初没什么变化。进了屋，妻子叫来儿子给父亲行礼，儿子长得很清秀。

秋成说：“你们母子在此过得不错，为什么不叫我来呀？”妻子说：“许氏死掉后，我叫秋收去请你回家，没想到秋收一听到许氏，吓得面如土色，所以就拖延到了现在。”

秋成就把自己和许氏的事情说了一遍。妻子说：“你以德报怨，所以这次一定能金榜题名。”秋成不明白，问妻子，妻子说：“等到揭榜的时候，你就知道了。”

秋成考试的卷子，阅卷的人看了之后觉得并不好，正要判他落榜的时候，忽然看到一个女鬼跪在自己面前磕头。考官大惊，取来卷子，那女鬼就消失了，再要放下，那女鬼又出现。如此几次三番，考官便把这件事报给主考官，主考官听了，接过卷子，也发生了同样的事情。主考官觉得奇怪，就对那女鬼说：“你去吧，我一定让秋成考中。”女鬼连连磕头，消失了。

等到发榜的时候，秋成见自己果然考中，就去拜会考官。考官说：“你之所以考中，是因为一个女鬼。”考官便把事情跟秋成一说，秋成当下痛哭流涕：“那女鬼，就是我的继母许氏呀！”因为秋成孝顺，所以大家都很敬重他。

有一天，秋成收拾箱子，看到放在里面的那幅美人图，就对妻子说：“要不要挂起来？”妻子说：“后辈们都在跟前，你挂这幅画不是不给我面子嘛。”秋成说：“烧了怎么样？”妻子说：“烧画的那一天，就是我和你永别的那一天。”

又过了很多年，秋成和妻子有了孙子，孙子百日这天，秋家祭祀祖先。秋成看见妻子拿着美人图，连同祭祀的纸钱一起烧掉了。秋成大惊，跑过去和妻子争夺，但画已经烧成了灰烬。

妻子站在烟里，随风飘散，很快就不见了。

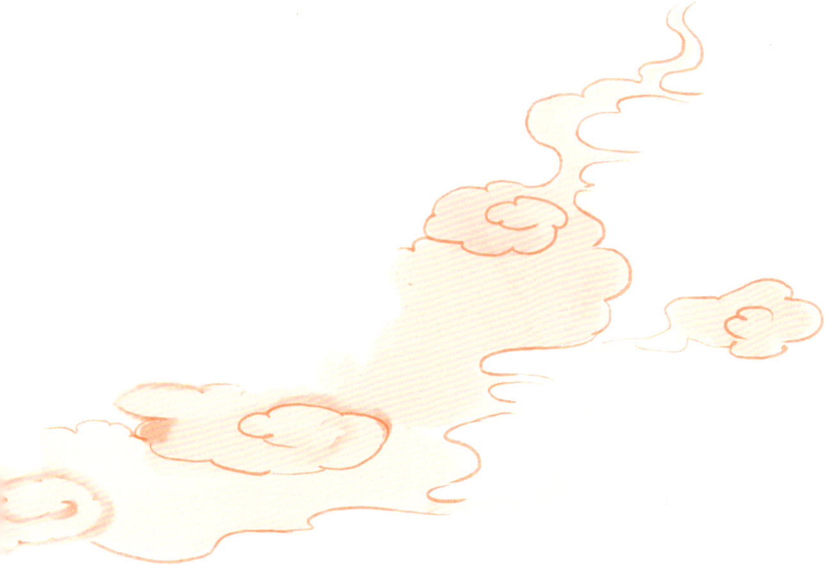

名

青苗神

出处

清代纪昀《阅微草堂笔记》卷六

民国柴小梵《梵天庐丛录》卷十七

第〇八一号

青苗神这种东西，其实是一种怪物，之所以称其为神，是因为民间祭祀将它视为神。

据纪昀说，他的家乡每当田间长满青苗时，晚上青苗神就会出现。人们看不清它的样子，只能看到它后退着行走，行走时发出的声音如同杵声。农民习以为常，也就不觉得奇怪了。有的人说，青苗神是庄稼的守护者，专门驱鬼，只要它出现，祸害人间的恶鬼就会逃跑，不敢再在田野上游荡。

青苗神虽然很少被记载在典籍中，但应该不是邪恶的妖怪。纪昀的堂兄纪懋园曾经亲眼见过，青苗神行走于月光之下，长得如同一个巨大的布袋，看不清脑袋和双脚，行走如同翻滚一般，而且动作很慢。

据柴小梵所说，青苗神是驱蝗的妖怪，每当禾苗青青、蝗虫要肆虐时，农民就会举办青苗会，祭祀它。据说它的形象如同一个孩子，生前因为捕捉蝗虫不幸死亡，所以后人祭祀它。北京城西广安门外，还有青苗神庙，除了青苗神，还供奉着虫王、冰雹神等神像。

综合看来，柴小梵所说的青苗神形状如同孩童，恐怕是后人为了祭祀，将其形貌塑造成孩子，反而纪昀记载的“形如布囊”，更像是青苗神的真实本体。

名

雷部三爷

出处

清代袁枚《子不语》卷八《雷部三爷》

第〇八二号

清代杭州有个姓施的人，家住在忠清里。六月的一天雷雨过后，这人到树下撒尿，刚解开裤子，就看到一个长着鸡爪、脸尖尖的妖怪蹲在旁边，吓得赶紧跑回来。当天晚上，姓施的就生了病，还大叫道："我冒犯了雷神！"

家里人赶紧跪在旁边，求雷神饶命。姓施的突然说："赶紧拿酒给我喝，杀羊给我吃，我才能饶了他！"家人一看，这是雷神附身，赶紧按照他说的准备。

刚好有龙虎山的天师路过，听说之后，天师大笑说："哪里是什么雷神，乃是雷部里面的一个小妖怪，名为阿三，经常仗势欺人，讹诈人的酒菜。如果是雷神，还能这样上不得台面？"

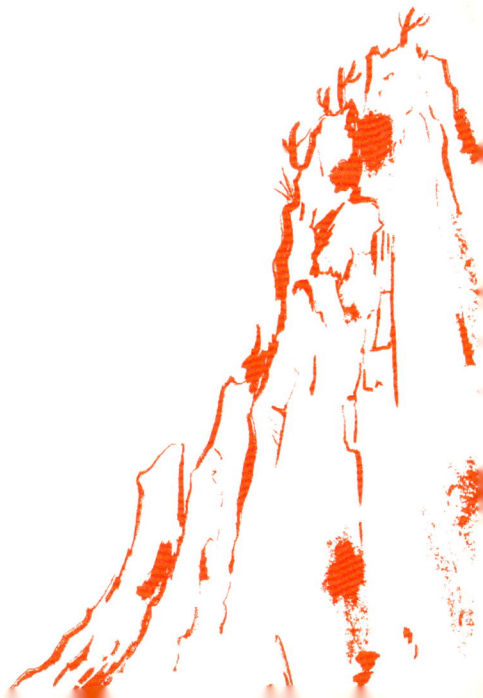

名

酒魔

出处

唐代冯贽《云仙杂记》卷八

宅篇

第〇八三号

元载，字公辅，是中唐时期的一位宰相，为人不擅饮酒。

有一次，元载出席酒宴，周围的同僚就以各种理由强迫他喝酒。元载推辞，说自己闻到酒，哪怕是不喝，都觉得有醉意了。座中有个人说：“这可以用方术来治。”这个人取来一根针，挑元载的鼻尖，从里面弄出一条如同小蛇的青色虫子。那人说：“这东西叫酒魔，你闻到酒就觉得醉了，都是因为它。”

这一天，元载喝了一斗酒，酒量是平日的五倍。

名

猪善友

出处

金代元好问《续夷坚志》卷三

第〇八四号

宋代永宁这个地方，有个屠宰场，里面养了十几头肥猪。有一天，徒弟们问屠夫该宰哪一头，屠夫站在猪圈旁边看，里面那群猪吓得惊慌不已，唯独有一头猪安然不动。屠夫就指着它说："这头猪吃得少，养了很久，可以杀了。"

徒弟们走进猪圈，给那头猪套上绳索往外拽，那头猪一声不吭。等到杀它的时候，刀子戳进去，喉咙不出血，也不死。

徒弟们告诉屠夫，屠夫一听，自己拿着刀，伸手进去试探了一下，发现这猪竟然没有心肺。屠夫大为惊慌，自此放下屠刀，再也不干杀猪的营生了。

回头说这头猪并没有死，还安然地生活在猪圈里。屠夫一家人对它呵护备至，称其为"猪善友"。周围的乡亲们听说了，纷纷前来观看，没有一个不惊叹的。

有一次，邻居做了一顿斋饭，请"猪善友"前往，这猪哼哼两声，好像是答应的样子。第二天，邻居还没来请，猪就坐在了邻居家的门前。一连三十多天，周围的人纷纷请猪吃斋饭。

有一天，有人发现这头猪蹲在墓园里，一动不动，走过去一看，发现已经死了。

名

患

出处

晋代干宝《搜神记》卷十一

宅篇

第〇八五号

汉武帝东巡走到函谷关时，被一个怪物挡住了去路。怪物身长好几丈，形状像牛，黑色的眼睛闪闪发光，四只脚深深陷进土中，谁也挪不动它，官员们看见它又惊又怕。

东方朔出了一个主意，让人拿酒灌那怪物。灌了几十斛酒后，那怪物终于消失了。汉武帝问是什么怪物，东方朔说：“这怪物叫‘患’，忧气所生。此地必然是秦监狱的所在地，罪犯们在这里聚在一起，怨念就产生了这个怪物，只有喝醉了酒才能忘忧，所以我才让人用酒消除这怪物。”

汉武帝听了，赞叹说：“东方朔，你可真是比谁都博学多才啊！”

名

雪衣女

出处

宋代李昉等《太平广记》卷四百六十（引《谭宾录》）

第〇八六号

唐玄宗天宝年间，岭南进献了一只白鹦鹉。由于养在皇宫里的时间长了，鹦鹉能理解人的话语。宫里的人，乃至杨贵妃，全都称呼鹦鹉为“雪衣女”。因为鹦鹉的性情已经很温顺了，所以大家常常放开它任其吃喝飞鸣，即便放开后它也总不离开屏风和帐幕之间。皇上让人把近代词臣的文章念着教给它，几遍后它就能背诵，十分聪明。

皇上常常和嫔妃及各位王爷下棋玩，只要皇上的棋稍呈败势，左右的人呼唤雪衣女，它一定会飞到棋盘上，鼓动翅膀搅乱棋局。有时还啄嫔妃以及诸王爷的手，使他们不能抢到好的棋路，唐玄宗和杨贵妃都很喜欢它。

一天早晨，雪衣女飞到杨贵妃的镜台上，说：“我昨天夜里梦见被老鹰捉住，难道我的性命就要结束了吗？”皇上让杨贵妃教它念《多心经》，此后它记得特别熟练，昼夜不停地念，像是害怕遭受灾祸，祈祷以求免灾。

有一次，皇上与杨贵妃到别的宫殿游玩，杨贵妃就把鹦鹉放在辇车上，带着它一起去。到了目的地以后，皇上和随行的将校去围猎了。鹦鹉正在宫殿的栏杆上飞来飞去时，突然有一只鹰飞来，捕杀了鹦鹉。皇上和杨贵妃都很伤心，命人把鹦鹉埋在御花园中，还给它立了一座坟墓。

名

蛤蟆妖

出处

清代袁枚《子不语》卷十二《蛤蟆妖》

第〇八七号

清代有个叫宋淡山的人，在遂安县看见雷霆从天而降，击打在一户老百姓的屋子上。

过了一会儿，天晴了，那户人家屋子里什么都没有损坏，唯独屋里有臭气，长久不散。

几天之后，这家人的亲友相聚，发现天花板上有血水滴下，打开察看，里面有一只死掉的癞蛤蟆，有三尺多长，头戴髹缨帽，脚穿乌缎靴，穿着玄纱褙褡，如同人的形状。

大家这才知道，原来天降雷霆，是为了击杀这个蛤蟆妖。

名

上清童子

出处

五代徐铉《稽神录》卷五
宋代李昉等《太平广记》卷四百五（引《传异志》）

唐贞观年间，岑文本下了朝，多半都在山亭避暑。一日午时，刚睡醒，忽听得有人在山亭院门外敲门。药童报告说，是上清童子元宝求见。

岑文本平素喜欢道教，一听是道士求见，就急忙束带让他进来。进来的居然是一个不满二十岁的小道士，仪态气质超凡脱俗，真可谓仙风道骨。衣服也与众不同，戴浅青色圆角道士帽，披浅青色圆角帔，穿青色圆头鞋。小道士的衣服轻细如雾，有名的齐纨鲁缟也不能与它相比。

岑文本和他说话。他便说：“我是上清童子，从汉朝时就修成正果。本来生于吴地，后被吴王送进京城，见到汉帝。汉帝有困惑不解的都求教于我。自文、武二帝，直到哀帝，都喜欢我。王莽作乱，我才到了外地，到哪里都受到人们的喜爱。从汉成帝时起，我开始讨厌人间了，就尸解而去，或秦地或楚地，不一定在哪儿落脚。听说你好道教，所以来拜见你。”

岑文本向小道士问些汉魏齐梁之间君王社稷的事，小道士不仅有问必答，而且对答如流，事事都像他亲眼见过一般。

两人言谈甚欢，不知不觉到了天黑，小道士就告别回去了。小道士刚出门就忽然不见了，岑文本便知道他不是个平常人。

之后每次下朝，岑文本都让人到门外等候那小道士，小道士一来，他们就谈论个没完没了。后来又让人暗中跟踪他，看他究竟到什么地方去。结果是他出山亭门，往东走不几步，在墙下就不见了。

岑文本让人就地挖掘，在三尺深处挖到一座古墓。墓中没有别的东西，只有一枚古钱。

岑文本恍然大悟，“上清童子”是“青铜”的意思，名“元宝”是钱上的字，“汉时生于吴”是指汉朝时在吴王那里被铸成五铢钱。十年之后，岑文本忽然失去了那枚古钱，便死了。

宋代建业有个管库的人姓邢，他家里很穷，攒钱攒到两千就生病，如果不生病，那些钱就不见了。

他的妻子便偷偷地攒钱，埋到地下。一天夜里，忽然听到有一种像小虫在飞的声音，那东西是从地里钻出来的，穿过窗户飞去，有的撞到墙上落到了地上。

天亮起来一看，竟然都是铜钱。他的妻子就把自己埋钱的地方告诉他，挖开一看，钱全没了。

名

银精

出处

五代徐铉《稽神录》卷五

宋代李昉等《太平广记》卷四百一（引《玉堂闲话》）

清代纪昀《阅微草堂笔记》卷九

宜春郡有个人叫章乙，家里以孝义闻名，几代人都没分过家，各房亲属都吃一个灶做出来的饭，一大家子和和睦睦。家中房舍、亭屋水竹什么都有。子弟们都喜欢收藏书籍，喜欢与方士、高僧、儒生等结交往来。

一天傍晚，忽然来了一个妇人，年轻貌美，打扮得很漂亮，带了一个小婢女，上门来请求留宿。章家的女人们欣然上前迎接，摆酒宴招待，直到深夜。

章家一个小伙子，是个读书人，年轻且聪明俊秀，见这妇人颇有姿色，就嘱咐他的乳娘另打扫了一间屋子，让妇人和小婢睡下。到了深夜，他偷偷潜入室内，上床扑到那妇人身上。那妇人的身体冰凉，小伙子大惊，点燃蜡烛一照，原来是两个银人，重量有千百来斤，一家人又惊又喜。

江南有个人叫陈浚，与他的伯父和叔父生活在乡间，喜欢作诗。同乡人都叫他陈白舍，拿他与白居易相比。陈白舍性情豪爽，热情好客。曾经有两个道士，一个穿黄衣，一个穿白衣，到他家求宿。他家便让两个道士住在厅堂里。夜间，听到两个道士的床榻了，发出很大的响声。过了一会儿，又静得像没有人似的。陈白舍拿着蜡烛进去察看，见穿白衣的躺在壁下，是一个银人；穿黄衣的不知哪里去了。从此他们家就富起来了。

五代时，庐州军吏蔡彦卿，担任柘皋镇将，夏夜坐在门外纳凉，忽然看到路南边的桑树林子里有个白衣妇人在跳舞。第二天晚上，蔡彦卿带着棍棒埋伏在草丛里，等那个妇人出现，一棍将其打倒，发现乃是一块银子。他在妇人倒下的地方往下挖，又挖出一千两银子，自此成了富翁。

寿州有一处凶宅，当地没人敢去住。有个叫赵璘的人，胆子大，搬了进去。晚上，赵璘坐在堂屋，有个东西推他的床，说：“我在这里很久了，被你压住，甚是不爽，你赶紧走！”那东西把赵璘的床搬到了院子里，赵璘踏踏实实睡了一觉。第二天，赵璘在堂屋原先放床的地方往下挖，挖出来一窖银子。自此之后，宅子里再也没有发生怪事。

清代时，纪昀的外祖父家，夜里总是能够看到有个怪物，在楼前跳舞，看到人就跑开躲避。家里人在月夜偷偷看，发现这个精怪穿着惨绿色的衣服，形状如同一只巨鳖，只看到手脚却看不到脑袋，不知道是什么。

家里人拿着刀杖绳索埋伏在门外，等它出现，突然上前捉拿。这精怪仓皇逃到楼梯下，大家拿起火把照去，发现墙角有一件绿色棉袄，里面包裹着一艘银子做成的小船，这艘小船有四个轮子，应该是当年小孩子玩耍的东西。看到这个，大家才明白，那个妖怪穿的绿衣服就是绿色棉袄，手脚就是四个轮子。家里人把它熔化了，一称，足足有三十两。后来，一个年老的女仆人说：“我当年做婢女时，房间里丢了这个东西，老爷以为是我们偷了，还把我们打了一顿，想不到竟然成了精怪。”

名

花月精

出处

唐代袁郊《甘泽谣》

唐代时，武三思家里有个歌伎叫素娥，舞姿优美，被认为天下第一。武三思非常喜欢她，经常在举办盛大宴会时，让素娥出来表演。

有一次，武三思举办宴会，满朝公卿大夫全都来了，只有纳言狄仁杰称病不来。武三思很生气，在席间说了些不满的话。宴会结束之后，有人告诉狄仁杰。第二天，狄仁杰去拜见武三思，道歉说："我昨天老毛病突然发作，未能来参加宴会。没有见到丽人，也是我没有这福分。以后如果还有良宴，我一定会提前拜会。"

素娥听说这件事后，对武三思说："狄仁杰是个刚毅之士，不是个轻薄狎侠之人，不喜欢这种场合，所以再设宴没必要请他来。"武三思却不这么想，他说："如果他敢拒绝我的宴请，我一定杀他全家！"

几天之后，武三思又办宴会，客人们还没到，狄仁杰果然先到了。

武三思特意把狄仁杰迎进内室，慢慢地饮酒，等待众宾客。狄仁杰请求让素娥提前出来，他要领略一下素娥的舞艺。

武三思放下酒杯，摆好座榻叫素娥出来。过了一会儿，奴仆出来说，素娥藏起来了，不知她在哪里。武三思亲自进屋去叫她，也没找到。

忽然，他在堂屋的墙缝中嗅到了兰麝的香气，隐约听到素娥说话的声音。她的声音像丝一样细，刚刚可以辨清。她说："我请你不要找狄仁杰，现在你已经把他请来了，我不能再活了。"武三思问为什么，她说："我是花月之精，天帝派我来用言语动摇你的心志，要兴李氏天下。狄仁杰是当代的正直之人，我根本不敢见他。我曾经做过你的仆妾，哪敢无情！希望你好好对待狄仁杰，不要萌生别的想法。不然，你老武家就没有传人了。”她说完，就不见了。武三思出来见到狄仁杰，谎称素娥暴疾，不便见面。

第二天，武三思秘密地向武则天奏明此事。武则天叹道：“看来，李唐当兴，这是上天的安排呀。”

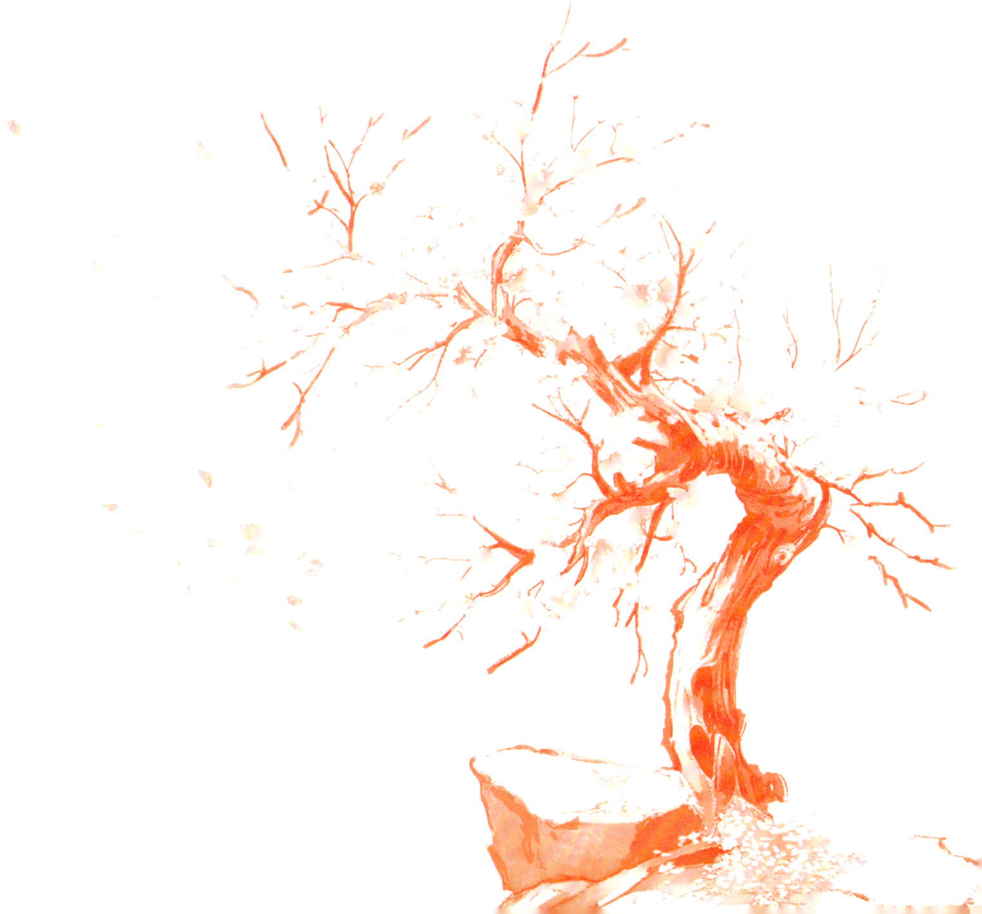

名

挥文

出处

唐代释道世《法苑珠林》卷四十五（引《白泽图》）

宅篇

第〇九一号

年代久远的宅子里有精灵，名为挥文，又叫山冕，长得像蛇，一身两头，鳞甲五彩。喊它的名字，可以驱使它带来金银。

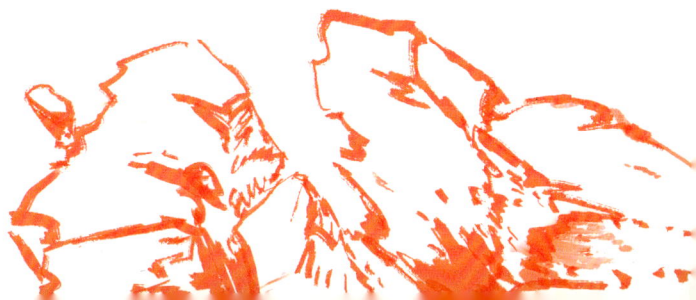

名

仲能

出处

晋代葛洪《抱朴子》内篇卷三

晋代干宝《搜神记》卷十二

清代袁枚《子不语》卷十六《仲能》

第〇九二号

传说老鼠能活到三百岁，满一百岁全身的毛就会变得雪白，擅长附在人身上占卜，名为仲能，能知道一年中的吉凶和千里之外的事情。

清代四川西部，有个伙夫陈某，身形粗悍，酒量也大。一天他喝醉了，躺下后发现有东西趴在肚子上，低头一看，是个老头，须发皆白，长相奇怪。陈某蒙眬中以为是同伴戏耍他，就没理会。

此时正是初秋，天气转冷，陈某拿起薄薄的被褥裹紧身体。到了第二天早晨整理被子的时候，发现被子里有一只白毛老鼠，三尺多长，已经被他压死了。陈某这才明白，昨晚的那个老头就是这只老鼠。如果陈某没把它压死，就可以凭借它成为能预测吉凶的占卜者。

名

鼠狼

出处

清代和邦额《夜谭随录》卷十一

清代李庆辰《醉茶志怪》卷二

清代有个佐领喜欢吃吃喝喝，一天晚上回家，买了六七个羊蹄子，还有一瓶酒，坐在炉子边一个人大快朵颐，一边吃一边把骨头丢在地上。忽然，他听到墙角有声音，看过去发现有十几个五六寸高的小人，有男有女，装束都和常人一样。这些小人弯腰去捡骨头，放在背上的竹筐里。

佐领有些害怕，赶紧拿起火筷子去打，一个小人倒在地上，其他的都吓跑钻入了墙壁的洞里。那个被击中的小人满地打滚，叽叽乱叫，变成一只黄鼠狼逃走了。

清代，天津人梅某出远门到开州，一天晚上一个人独自坐在房间里，忽然看见砖缝中冒出一个小黄人，高一寸多，转眼之间变得和常人差不多高，走到跟前和梅某打架，梅某顿时昏倒。

发生这种事，梅某很害怕，就搬到了别的房间，只是妖怪依旧前来找碴儿。如此几次三番，梅某不堪其扰。有个朋友出了个主意，让梅某削把桃木剑，等怪物来了，出其不意暴击对方。

第二天，妖怪果然又来了，梅某拿起桃木剑砍过去，妖怪应声倒地，变成了一只黄鼠狼。梅某杀了它，此后再也没有发生怪事。

名

狗头新妇

出处

唐代李冗《独异志》卷上

第〇九四号

唐代有个叫贾耽的人，是滑州节度使。

当地的酸枣县有个儿媳妇对婆婆不孝顺。婆婆年纪大了，双眼又瞎，吃饭的时候，儿媳妇就在饭里面混上狗屎给婆婆吃。

婆婆吃了，发觉味道不对，正好出远门的儿子回来了，就对儿子说：“这是儿媳妇给我的，吃着味道很怪。”儿子看着碗里的狗屎，仰天大哭。

过了一会儿，天上阴云密布，雷霆降下，好像有个神人从天而降，砍掉了儿媳妇的脑袋，又用一颗狗头代替。

云开雨停之后，大家发现儿媳妇果然脖子上长了一颗狗头。贾耽就让人带着这个儿媳妇游街示众，用来警告那些不孝顺的人，当时人都叫这个儿媳妇为“狗头新妇”。

名

貙人

出处

晋代干宝《搜神记》卷十二

第〇九五号

在长江、汉水之间的广大区域，传说有“貙人”这种妖怪。据说，它们是上古时代三苗的后代，能够变成老虎。

在长沙下面的蛮县，老百姓曾经打造兽笼来捕捉老虎。一次将兽笼安置之后，很快就有野兽闯了进去。

第二天，众人一起去察看，发现里面坐着一个亭长，戴着赤色的头冠，很是威风。猎手问：“您什么时候跑到兽笼里了？”亭长十分生气地说：“昨天我突然被县里的长官召唤，连夜奔走，路上避雨，不小心掉了进来，赶紧把我放出去！”猎手是个很聪明的人，想了想，问道：“您既然是被县里的长官召唤，那有没有文书呢？”亭长就从怀里面掏出了文书。于是，大家就把他放了出来。

哪想到，亭长一出来，就变成一头斑斓的大老虎，一溜烟儿窜进了山林中。

也有人说，貙人是老虎变成的人，往往穿着紫色的麻衣，它们的脚没有脚后跟。

名

鳖宝

出处

清代纪昀《阅微草堂笔记》卷五
清代蒲松龄《聊斋志异》卷六
清代姚元之《竹叶亭杂记》卷三
清代汤用中《翼駉稗编》卷一
清代俞樾《右台仙馆笔记》卷六
清代东轩主人《述异记》卷上

鳖这种动物极有灵气，年岁大的老鳖身上会发生怪异的事。

鳖宝这种东西，典籍中有很多种说法，它的样貌如何也是各有说法。有的说这种东西比黄豆大，喜欢喝血；有的说它长得如同人一样，只不过很小。不过所有关于鳖宝的记载中有一点是一样的，就是如果用自己的身体来滋养鳖宝，就能够看到常人看不到的金银宝贝，一生荣华富贵。

清代四川有个人叫张宝南，他的母亲非常喜欢吃鳖。有一天，家里的厨师买了一只老鳖，个头很大。厨师砍掉了鳖的脑袋，看到一个四五寸大的小人从鳖的脖子里溜出来，绕着鳖的尸体跑动。厨师吓得昏倒在地，等大家把他救醒的时候，那个小人早已不见。

后来，厨师剖开了鳖的身体，发现小人在里面，不过已经死了。这个小人戴着黄色的帽子，穿着蓝色的衣裳，靴子是黑色的，面目手脚和人一模一样。后来，有人说："这叫鳖宝，如果得到活的，割开自己胳膊上的肉，把它塞进去，它就会长在里面，靠喝人的血为生，而这个人就仿佛长了一双透视眼，能够看到地下的金银珠宝。等这个人被鳖宝喝光了血死掉，他的子孙可以继续把鳖宝放在自己的身体里，那样子子孙孙都可以享受荣华富贵。"

厨师听说了之后，十分后悔，提起这件事，就会扇自己的耳光，后来竟然因此郁郁而终。

名

妇人面

出处

宋代李昉等《太平广记》卷三百六十一（引《纪闻》）

宅篇

第〇九七号

唐代南郑县县尉孙旻，有一次赶路，途中在深山中的一家馆舍投宿，忽然柱子里露出一张美人脸来，对着他笑。

孙旻赶紧叩拜祷告，过了好久，那张脸才消失。

这件事孙旻不敢对别人说。

后来，过了好几年，孙旻在长安生了病，朋友过来看望，孙旻将这件事情告诉朋友，说完就死了。

名

虎头人

出处

唐代戴孚《广异记》

第〇九八号

唐代天宝末年，安禄山叛乱，潼关失守，梨园子弟中有个会吹笛子的人，逃进了终南山，寄居在一座庙宇里。

有天晚上，这人正在吹笛，忽然有个怪物，人身虎头，从外面进来。这人很害怕，虎头人开口说：“你的笛子吹得真是动听！可以为我再吹一曲吗？”这人就接连为虎头人吹了五六曲，怪物听得十分惬意，呼呼大睡了起来。

这人害怕，趁机爬上了大树。

怪物醒来后发觉这人不见了，就懊悔地说：“应该早一点儿吃掉，就不会让他逃跑了。”说完，虎头人站起来长啸，过了一会儿，有十几头大老虎前来，虎头人说：“刚才有个吹笛子的人，在我睡觉的时候逃跑了，你们赶紧去寻找！”说完，虎头人带着老虎消失了。

名

华芙蓉

出处

南北朝刘敬叔《异苑》卷六

第〇九九号

南北朝时，有个叫梁清的人，住在一座老宅里面。元嘉十四年（437 年）二月，这宅子里老是出现一种奇怪的光芒，而且会发出怪响。梁清让仆人去察看，发现有一个人。这人自称华芙蓉，在宅子里流连不去。

这人有时候鸟头人身，满脸是毛，到处抛撒粪便。梁清开弓射中，他就会消失。

有时候，他变成猴子的模样，挂在树上，梁清让人用长矛刺中，他从树上掉下来消失不见，过了几天，一瘸一拐地向仆人要东西吃，一下子能吃二升米。

后来梁清实在受不了，就询问他到底要干什么。他说："我到处抛撒粪便，那是因为粪便是钱财的象征，你很快就要升官了。"

果然，过了不久，梁清就升官做了扬武将军、北鲁郡太守。

名

火怪

出处

清代钱泳《履园丛话》丛话十六

第一〇〇号

清代长洲县北乡有个叫屈家漾的地方。

嘉庆年间的一个冬天，忽然有火怪从荒坟里面跑出来，如同一团烟雾，在地上滚，枯枝败叶全都被烧了。老百姓害怕它跑到家里，跪在地上苦苦哀求。

这个妖怪在空中笑道：“我喜欢看戏，你们如果能请来戏班唱戏给我看，我就离开。”

于是，老百姓请来戏班，连唱了三天，那妖怪才消失了。

参考文献

战国《山海经》（中华书局，2011）
汉代东方朔《神异经》（见程荣辑刻《汉魏丛书》，吉林大学出版社，1992）
汉代辛氏《三秦记》（三秦出版社，2000）
汉代许慎《说文解字》（中华书局，2013）
汉代杨孚《异物志》（中华书局，1985）
晋代干宝《搜神记》（中华书局，2012）
晋代葛洪《抱朴子》（中华书局，2011）
晋代王嘉《拾遗记》（中华书局，1981）
晋代张华《博物志》（上海古籍出版社，2012）
南北朝范晔《后汉书》（中华书局，2007）
南北朝郦道元《水经注》（中华书局，2007）
南北朝刘敬叔《异苑》（中华书局，1996）
南北朝任昉《述异记》（中华书局，1991）
南北朝宗懔《荆楚岁时记》（山西人民出版社，1987）
南北朝祖冲之《述异记》（见鲁迅校录《古小说钩沉》，齐鲁书社，1997）
唐代戴孚《广异记》（中华书局，1992）
唐代段成式《酉阳杂俎》（上海古籍出版社，2012）
唐代房千里《投荒杂录》（见陶宗仪《说郛》，中国书店，1986）
唐代房玄龄《晋书》（中华书局，1996）
唐代冯贽《云仙杂记》（西南师范大学出版社，1990）
唐代李公佐《古岳渎经》（见鲁迅校录《唐宋传奇集》，齐鲁书社，1997）
唐代李冗《独异志》（中华书局，1983）
唐代丘悦《三国典略》（东大图书公司，1987）
唐代释道世《法苑珠林》（中华书局，2003）
唐代袁郊《甘泽谣》（见《笔记小说大观》，江苏广陵古籍刻印社，1984）
唐代张鷟《朝野佥载》（中华书局，1979）
五代杜光庭《录异记》（中华书局，2013）
五代孙光宪《北梦琐言》（中华书局，2002）
五代徐铉《稽神录》（中华书局，1996）
宋代洪迈《夷坚志》（中华书局，1981）

宋代李昉等《太平广记》（中华书局，1961）
宋代李昉等《太平御览》（中华书局，2000）
宋代李石《续博物志》（中华书局，1985）
宋代钱易《南部新书》（中华书局，2002）
宋代沈括《梦溪笔谈》（中华书局，2016）
宋代邢凯《坦斋通编》（上海古籍出版社，1992）
宋代章炳文《搜神秘览》（中华书局，1985）
宋代周去非《岭外代答》（中华书局，1999）
金代元好问《续夷坚志》（中华书局，1986）
元代周致中《异域志》（四库全书本）
明代邝露《赤雅》（中华书局，1985）
明代陆粲《庚巳编》（中华书局，1987）
明代张岱《夜航船》（中华书局，2012）
明代郑仲夔《耳新》（中华书局，1985）
清代陈梦雷《古今图书集成》（中华书局，1985）
清代褚人获《坚瓠集》（上海古籍出版社，2012）
清代东轩主人《述异记》（上海书店，1994）
清代董含《三冈识略》（辽宁教育出版社，2000）
清代和邦额《夜谭随录》（上海古籍出版社，1988）
清代纪昀《阅微草堂笔记》（中华书局，2014）
清代解鉴《益智录》（人民文学出版社，1999）
清代李鹤林《集异新抄》（文物出版社，2017）
清代李庆辰《醉茶志怪》（齐鲁书社，2004）
清代陆祚蕃《粤西偶记》（中华书局，1985）
清代蒲松龄《聊斋志异》（中华书局，1962）
清代钱泳《履园丛话》（中华书局，1979）
清代汤用中《翼駉稗编》（文物出版社，2017）
清代王士祯《居易录谈》（齐鲁书社，2007）
清代吴炽昌《续客窗闲话》（文化艺术出版社，1988）
清代姚元之《竹叶亭杂记》（中华书局，1982）

清代慵讷居士《咫闻录》（重庆出版社，2005）
清代俞樾《右台仙馆笔记》（上海古籍出版社，1986）
清代袁枚《子不语》（上海古籍出版社，1986）
清代曾衍东《小豆棚》（齐鲁书社，2004）
清代赵吉士《寄园寄所寄》（黄山书社，2008）
清代朱翊清《埋忧集》（重庆出版社，2005）
民国柴小梵《梵天庐丛录》（故宫出版社，2013）